JN215240

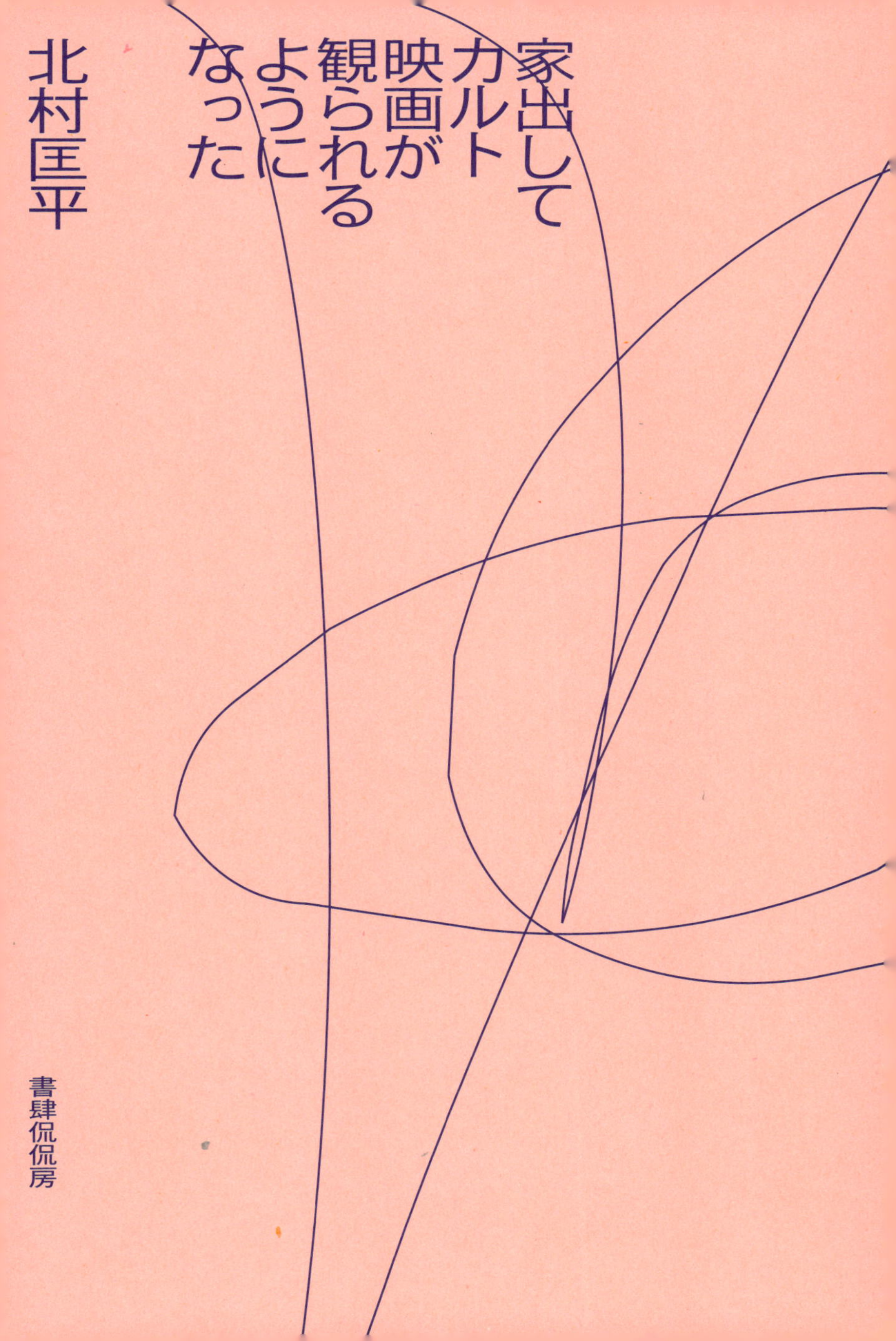
家出してカルト映画が観られるようになった
北村匡平
書肆侃侃房

目次

家出してカルト映画が観られるようになった

ネコになる

僕は映画研究者として大学で働いている。ある日、妻がいないときに当時小学2年だった娘と過ごしていたら、突然こんなことをいってきた。

「ねぇ、ママが結婚するなら大学の先生はやめといたほうがいいっていってたよ。すぐ批判してくるし、理屈っぽいし、一つのことに執着して面倒くさいからだって」

なるほど、間違ったことはいっていないし、自覚があるので何も弁明できない。子供はときに悪気なくこうして告げ口をするので、自分が他者にどう見られているのかを率直に知ることができる。

あるとき、リビングで息子と妻が『ミステリと言う勿れ』という漫画について話しているのが聞こえてきた。テレビドラマを家族で観て面白かったので、漫画も買ってみんなで読んだ直後のことだった。

「ママはこの整君みたいな人が好きなの？」

「いや、ママはこんな理屈っぽくベラベラ喋る人は好きじゃありません」

「それ、パパじゃん」

「…………」

なるほど、たしかに話をやめて沈黙していたら授業は成り立たないし、どんな質問がきても、教員は論理的に説明することが求められる。妻は何も釈明しなかったから、「同意」ということなのであろう。悲しい哉、子供にまでしつこく理屈っぽい人間だと思われているようだ。

このように書くと大学教員に対する世間のステレオタイプと一致する人間だと思われるかもしれない。けれども、そんなことはない。童顔ゆえ学者のイメージとはギャップがあり、大学教員に見られることはほとんどない。それどころか40歳を超えても大学ではいまだ学生に間違えられる。

入試の試験監督で校内に入ろうとすると、大学職員に「受験票を提示してください」といわれるし、生協のスタッフに「封筒置いていますか？」と尋ねたら「就活？」と返される。図書館の書庫に入ろうとしたら「学生証を提示してください」といわれてしまう。

童顔で得したことはない。日々の出来事をＳＮＳでネタにできるくらいだ。いろいろな場所で横柄な態度を取られることも多い。

なかには窓口で学生に対して高圧的に話す人もいるが、こちらが教員だと判ると急に態度が変わることもあり、とても居心地が悪く悲しい気持ちになる。こんなに使い分けているのかと人が恐ろしくなってしまう。

もう20年以上前のことだが、金髪だった18歳の頃、アルバイトの面接で「その髪はちょっと……」とことごとく落とされた。

唯一、採用してくれた中華屋の社長が「明日から来れる?」と面接でいうので「え、この髪でいいんですか?」とつい聞いてしまった。

「ちゃんと働いてくれるなら見た目はどうでもいいよ、色んな奴がいたほうが面白いからさ」とのこと。その店はパンチパーマの元暴走族やら飲み会ですぐ全裸になる変人やら、脱サラしたサーファーで陽キャのおじさんやら、社会からこぼれ落ちた人たちがたくさん集まっていた。

どこで働いても長続きしなかった僕が、その社長が仕切る中華屋では、店が潰れるまで働いた。雇用をめぐるこうした状況が、あれから四半世紀近く経って少しは変わっているのだろうか。

以前、『人は見た目が9割』という本がベストセラーになった。「人を見た目で判断してはならない」と頭では思いながらも実際、人は外見で判断してしまう。

その点、メタバース空間は画期的だ。あまりに居心地がよくて、暇さえあればVRヘッドセットをかけて頻繁に出かけている。好きなアバターを着て、現実と異なる姿で他者とコミュニケーションをする。現実世界のルッキズムの息苦しさから解き放たれ、仮想現実の世界ではマッチョな男性にも可憐な少女にも、何にだってなれる。

けれども、僕が選択するのは大抵、不思議と男でも女でもない、ネコなど性別が一見わからない動物アバター。ひとたびメタバース空間でそうなったときの僕は、もはや理屈っぽくベラベラ喋らないネコになっている。

高校の卒業式の日に金髪にした

アルバイト

僕はいまの仕事に就くまで、正確に数えていないが、およそ30種類くらいのアルバイトをした。一度切りの人生、一つの企業に勤め上げるなんて絶対無理だとわかっていたし、何か人生における想定外の経験ができるかもしれないと感じていた僕は、タイミングがあえば職業を変えることを率先してやっていたと思う。

最近は若者の離職率が高く「3年で辞める若者」とよく聞くようになったが、僕は昔から長く勤めることができなかった。

これまでやってみたアルバイトを思いつくままにあげれば、焼肉屋、郵便配達、ピザ屋、カレー屋、中華屋、デリバリー、引っ越し、倉庫内作業、解体業、古着屋、農作業、カラオケ屋、バーテンダー、着メロ制作、ホスト、プラカード持ち、コンビニ、ホテルのフロント、電話オペレーター、清掃業、バイク便、心理学被験者、軽作業、コンサートスタッフ、試験監督、治験、チューター、家庭教師、塾講師、大学講師などなど。
短期間で辞めたアルバイトをあわせるともっと多い。世界には本当にさまざまな職種があることを体で知ることができてよかったと思う。これほどの職業を経験すると、何より自分が何ができて何ができないのか、何を好み、何が耐えられないのか、経験的に自分のことが深く掘り下げられるのだ。

それぞれ忘れられない。いろいろな人の人生を味わった気がした。

池袋で声をかけられて裏の社会も知りたいと思ってやってみたホストだが、3日しか続かなかった。ものすごく縦社会で、僕より若くイキった人が威張り散らして苦痛だったし、そもそもやらなければならない業務にキャッチがあり、知らない人に声をかけることができなかったため、絶対に無理だと悟った。

もっとも苦痛で耐えられなかったのは、プラカードである。ただもっていればいいだけだと思いきや、この仕事は時間が経つのが驚くほど遅い。僕がやっていたところは椅子に座ってはいけないというルールがあったので、8時間立ちっぱなしは足腰にくるし、何もできない状態でただ突っ立っていることが苦痛で仕方なかった。むろん、何もせずボーっとするのが好きな人もいるが、僕は心底苦手なのだと知った。

試験監督も似たようなつらさがある。とにかく何もしないでじっとしていることが耐えられないということが、さまざまな仕事を通してわかってきた。

だからプラカードの仕事では、袖のなかに単語カードを忍ばせてチラチラと袖もとでめくってドイツ語や英語の単語を覚えていた。試験監督では、空いた時間にプリントにメモを取るふりをしながら、論文の構成を考えたり、批評を書くために歌詞を分析したり、創作活動に専念した。

ピザ屋の店長は、アルバイトに対してめちゃくちゃ威張っていて、少しでもミスをすると恥ずかしい罰を与える。配達でミスをしたとき、いきなり「お前だけ、店を出る前にもっているものを大声で叫んでから出ろ」とキレられて、その日に辞めた。いまなら問題になるパワハラ気質の上司だった。

ホテルのフロントの仕事も上司に恵まれなかった。面接では何もいわれなかったが、働き始めて数日経ったときに、虫の居所が悪かったのか「ホテルのフロントマンは髪を刈り上げるものだ。明日まで耳に髪がかからないくらい横を切って、後ろは刈り上げてこい」といわれ、やはりその日に辞めると告げた。

文章を書くことや読書が好きな僕にとって治験は最適だった。何しろコソコソと単語カードを見たり、後ろめたい気持ちで創作をしたりする必要はない。検査や採血などがまわってくるとき以外は一日中好きに時間を使える。僕はそこで大量に血を抜かれながら、大学受験の勉強をした。

こうしてさまざまな職種を渡り歩いた僕は、教育・研究という、自分にもっともあった、やりがいのある仕事にたどり着くことができた。

10代で生涯やりたいことが決まっている人など少ないだろう。心から思うのは、高校を卒業してやりたいことが明確に定まっている人以外は、25歳くらいまで旅をしたり、さまざまなアルバイトを経験したりしてから大学に進学したらいいということだ。

そうすれば必然的に自分のことが深く理解でき、もっとやりたいことが見えてくる。こうしたキャリアデザインが一般化したらいいと切実に思う。

鳥体験

昔から鳥に対してあまりいい印象がない。

それはヒッチコックの『サイコ』で、アンソニー・パーキンスが、鳥の剝製と同化しながらシャワーを浴びているさなかのヒロインをめった刺しにするからでも、同じくヒッチコックの『鳥』において、あり得ないくらいの鳥の群れが登場人物たちを串刺しにするからでもない。

現実の僕の身に起こった鳥たちの襲撃が、そう思わせるのである。中学生の頃、サッカー部に入っていて、グラウンドを走っていたら頭にベトっと何かが落ちてきた。反射的に手で頭に付いたその物体に触れると、生温かいドロドロした物体が付着している。

——鳥のフンだ。

真夏の暑い日だったが、全身が凍りついたようにゾッとした。プレーの途中にもかかわらず、僕は構わずに手洗い場へと一直線に走って髪と手を洗った。運動部はサッカー部だけではない。テニス部や陸上部、野球部など、多くの生徒が放課後にグラウンドで練習している。田舎の広い学校の校庭で、数多くの生徒がいるなか、サッカー部の僕という人間を目掛けてフンは落下してきたのである。

もう一度は大人になってから、結婚する前の妻と街を歩いているときに突如、頭にベチャっと鳥のフンが落ちてきたこともあった。妻ではなく隣を歩いていた僕に……。このときはもう瞬時に何が起こったかを察して「やばい、やばい」と叫びながら水場を探し求めて髪を洗い流した。

一説によると、鳥のフンが落ちてくる確率は423万分の1らしい。どれくらい妥当な数値かわからないが、かなりレアな経験であることは間違いない。

思い返せば、やたら駐車場に停めてある僕の車には鳥のフンがついているような気がするし、5年ほど前に引っ越してきた世田谷区の近所の交差点は鳥のフンだらけで、日々通勤中に注意深く避けて歩かなければならない。おかげで鳥のフンのことを考えない日はほとんどない。

だが、こんな僕を上回る鳥体験をした人物がいる。妻である。

コロナ禍に入り、社会が一変した２０２０年の春、たまたま実家の山口に家族で帰省していて、緊急事態宣言の発令があり、職場の大学も授業開始が延長、保育園も休園になってしばらく地方にいることになった。

僕たちは新年度になってもしばらく山口に住み続けたが、この先どうなるのかわからないし、子供たちも鬱憤が溜まっているように思えたので、何かあったら東京に戻れる場所ということで、熱海に家族で移り、家を借りて少しの間暮らすことにした。

毎日、子供たちのあり余るエネルギーを放出させようと、人の少ない公園や、海や山など自然のある場所に連れて行った。

ある日、ハイキングをして丘の上にあるテーブルにつき、家族でランチをしようとしていたときのこと。一番下の子供は当時、２歳でまだ小さかったし、真ん中は5歳で手がかかる。きつい、つらいと喚きながらやっとベンチに座り、お弁当を広げて食べようとしたところで、事件は起きた。

妻がハムサンドを手に取り、口に入れようとした瞬間、鷹（鳶かもしれない）が妻の口を目掛けてものすごいスピードで飛んできて、口内へと運ばれるサンドウィッチをクチバシでかっさらっていったのだ。妻の口からは血がダラダラと流れている。子供たちはパニック状態、妻は溢れ出る血を手でおさえ、顔面蒼白で「やばい、やばい」と叫んだ。

血が少しおさまると、唇をえぐられた妻は、鳥がもっている、よくわからない菌に感染するといけないからとコロナ対策で所持していたアルコール液を傷口に吹きかけ、激痛に耐えながら消毒するという荒療治を遂行。子供たちは唖然とした様子で、母の命懸けの戦いを眺めていた。

あれはまさに究極のホラー映画、現実が映画を超えた瞬間であり、リアル・ヒッチコックの『鳥』体験であった。それ以来、僕は鳥のフンと飛行に細心の注意を払いながら、上空に全神経を集中させて生きている。

僕が旅に出る理由

昔はよく夜行バスに乗った。お金がなかったということもあるが、あの独特な空間と時間は他の乗り物では味わえない。

大抵は一人旅。音楽をイヤフォンで聴きながら、温かいコーヒーを飲む。真っ暗な車内のバスの振動、路面を照らす光、移り変わってゆく夜景、遠くの街や風景を見ながら、ゆっくりと進む夜行バスの雰囲気が、たまらなく好きだった。

目的地での旅に劣らず、その過程そのものを楽しんでいたと思う。

25年近く前、ギターケースをひらいて弾き語りをしながら、ヒッチハイクで旅をしたことがある。数百円しか持っていない状態で出発し、東京から広島まで行って帰ってきた。箱根の橋の下で野宿をし、呉の公園のベンチで眠った。いろんな人に会った。

高速の近くのガソリンスタンドで、トラックの運転手に乗せてくださいと一晩中声をかけ続けた。無視され、怒鳴られ、ようやく乗せてもらったら、着いたところで金を払えといわれた。

近所のおじさんが、公民館のような施設の鍵をあけ、「ここで寝ていいよ」といってくれた。快く車に乗せてくれた中年の夫婦は「これで美味しいものでも食べて」と千円くれた。そのお金で食べた唐揚げ定食を上回るものはない。


旅は人の残酷さと温もりを容赦なく感じさせてくれる。

昔から旅が大好きで、これまで30カ国ほどバックパックを背負って出かけた。若い頃は沢木耕太郎の『深夜特急』がバイブルで、旅人を夢見てバイトをしてはいろいろな国を訪れていた。

カンボジアでお互いの夢の話をした少女、フィリピンの路上で生活する子供、コロンビアを車で案内してくれた留学生、ボリビアで酒を酌み交わしたフランスから来た旅人たち。旅の途中で出会った人たちのことは、いまでもはっきりと思い出せる。

観光でも旅行でもなく「旅」というのがふさわしい。旅程が決まっていない、あてのない旅。未知なる世界に触れて、見知らぬ他者と遭遇する旅。

けれども、この20年の間にインターネットやスマートフォンが普及し、社会がどんどん便利になるにつれ、予測できない事態に陥ることも、思いがけず人と交流することもかぎりなく少なくなった。

現地で人に聞かなくとも、動かず事前に大抵のことは調べられる。だから観光から無駄な時間、非効率なルート、偶然性は排除され、効率よく多くの観光地を巡ることが重視される。

これはゲーム系YouTuberの攻略動画を見ながら、その通りに模倣して、最短でゲームをクリアするのにどこか似ている。スポーツ観戦をする際にハイライトのみをつなげたダイジェスト映像を楽しむのとも、あるいはファスト映画とも通じている。

最近は音楽配信でも聴きたい部分だけ流す人がいるという。僕としては信じられない。格安ツアーもまるで効率を競いあう「ファスト旅行」のようで余白がない。コスパ&タイパがこれほど価値をもった時代は歴史上ないだろう。

旅人から観光客へ。ダニエル・J・ブーアスティンは、現代の旅行者は旅行先のイメージをあらかじめもっており、それを確認するために旅行しているのだと看破した。ネットの検索では見たいものしか見ない。無駄を削ぎ落とした旅行計画は、偶然性を徹底して排除しようとする。

観光地のイメージは以前にもまして観光客にアピールするよう美しく加工されている。デジタル技術で盛られた、実際よりも美しい写真や映像によって、残念な現実を確かめることにもなりかねない。旅の過程を取り戻すこと。どこに行くかよりも、どう旅をするか、いかに偶然性を取り込むかを忘れずに旅に出たい。

倍速視聴される人

大学の映画の授業で毎年アンケートを取る。その結果から現代の若者像の一端が見えて興味深い。以前から紙のアンケートはやっていたが、かなり手間がかかるので頻繁にはできなかった。

だが、オンライン授業では、投票機能を使って回答から集計、結果の開示まで一瞬で簡単にできてしまう。コロナ禍の3年間、この機能は特に重宝した。

2020年に映画の講義で約160名の学生に「ヒッチコック映画を観たことがあるか？」と尋ねたら「はい」が5％だった。翌年も人数がほぼ同じクラスで聞いたらやはり5％、これを「ヒッチコック5％問題」と勝手に名づけた。「ヒッチコックという名前を聞いたことがある」という学生は32％だった。

日本映画の巨匠5名についても聞いてみると、複数回答ありで結果は黒澤明が94％、溝口健二と小津安二郎が16％前後、成瀬巳喜男と木下惠介は５％弱。さすが世界のクロサワ！　いやいやミゾグチ低すぎやしまいか……などと一喜一憂しながら、どうやって観たかを尋ねると、ほとんどが動画配信サービスであった。

映画館で観た人は極めて少なく、いまやレンタルでＤＶＤを借りる人も激減した。要するにもう巨匠の古典を映画館にわざわざ観に行かないし、レンタル屋にも出向かない。

この傾向はコロナ禍で一気に加速したが、とにかくみんな動かない。楽して損しないよう大量に消費したい。伝家の宝刀、倍速視聴だ。

いろいろと物議を醸しているが、はっきりいって早送りしても何ら支障ないエンタメ作品は多々ある。そういえば「伏線回収」という言葉がやたら使われるようになったのが２０１０年代後半、配信の普及とぴったり重なる。

そういう作品は人間を深く掘り下げて描くのではなく、ただ謎があって、その解明が先送りにされるだけ。物語の筋を追えば事足りる。

とはいえ、早送りがすべての映画に適応できるかといえばそうじゃない。小津安二郎の映画を倍速にしたら、笠智衆がチャップリンのごとくコミカルに躍動し始めて大変なことになってしまうだろう。それはそれで観てみたい気もするが……。

そもそも古典映画がすべて淡々として退屈だと思うのは早計だ。初期の中平康や増村保造の映画なんて現代映画よりスピーディでかっこいい。

だが、この間『狂った果実』の早口の対話を授業で見せて「昔の日本映画は遅いというのは君たちの思い込み、この頃の映画はかなり早かったんだよ」としたり顔をきめたら、授業後にこんなコメントが返ってきて衝撃を受けた。

「普段から動画を2倍速で視聴しているため、講義中の映像が早口であることにまったく気がつきませんでした」――若者の耳、進化してます。

数年前までは中平康や増村保造の早口台詞が日本映画へのステレオタイプを壊すのに有効だったのだが、倍速視聴が当たり前の世代が観ても気づかない！

映像文化って本当に面白い。映画を専門としている学者は絶対NGという人が多いだろうが、早送りの賛否については何ともいえない。

マンションの住人が毎週死んでいくようなドラマはどんどん倍速して楽しめばいいし、濱口竜介の映画はじっくり堪能すればよい。

コロナ禍での大学の一方向的なオンデマンド講義に関しては、１００分の講義を50分で消化できるなら多忙な学生にとってそれもよかろうと思いながら学生に送ったところ、

「先生の話すスピードが早くて倍速にすると聞き取れませんでした」とのこと。一瞬、何かに勝ったような気がして心のなかでガッツポーズをしたのだが、いったい自分が何に勝ったのか、まったくわからない。

靴下偏愛人

僕はどうしても靴下を手放すことができない。

外に出かけるときだけではなく、日々、家の中でも、出張先のホテルでも、外で履いていた靴下を脱いで、携帯したスリッパを出して室内用の靴下を履く。だから一日に最低でも二足は履いている。

「室内用」というのは、そういう専用の靴下を購入しているという意味ではない。単に外用に履く靴下と、室内で履く靴下をわけているだけなのだが、どういう基準かというと、外用はよれていないピタッとした靴下、室内は少しダボっとしたゆるい靴下で大まかにわけられている。

だが、冬用の靴下の分厚いダボダボ感はダメだ。比較的薄手で、ややくたびれている、とにかく「ゆるい」靴下が最適なのである。大抵くたびれた靴下は売っていないので、まずは外用として購入し、履き倒してよれよれになった靴下が「室内用」に昇格する。

要するに、外用として愛され、使い古され、それでも室内で履いていたいと思われる、難関をくぐり抜けた靴下だけが、我が室内専用靴下へと昇進するのである。

靴下への偏愛は季節を選ばない。暑い夏でも室内での靴下はかかせない。おそらくこれは軽度の潔癖症と関わっていると思うが、自宅でも研究室でもスリッパを必ず履く。

だが、足を直接スリッパに入れられない。というか部屋の床に直接足をつけられないから、スリッパと靴下を防壁にして歩いているのだと思う。だれか解明してほしいところだが、そんなことが解明されても誰も得をしないだろう。だから深く追求しない。

こんな靴下偏愛人の僕だが、一日のうち唯一靴下を脱ぐ場面がある。それがベッドで眠りにつく直前だ。「直前」とは文字通りで、ベッドに入って本を読んだり、スマホをいじったりする時間はまだ靴下を履いている状態。理屈では地面に足がつかないからいつ脱いでもいい。

だが、その脱ぎたい気持ちを抑えて、眠りに落ちる瞬間に一気に脱ぐ。この解放感がたまらない。僕は足が世界と直接ふれあえる幸せを噛み締めながら、毎晩眠りにつく。

ふざけて書いているように思われるかもしれないが、この軽い潔癖症はなかなか大変なのである。僕は温泉が好きでよく家族で旅館に宿泊したり、執筆のために一人で旅館にこもったりすることがある。疲れた体を癒す温泉は最高だが、脱衣所での着替えが少々面倒くさい。

風呂からあがって体を拭いて服を着るのが通常だが、僕はまずつま先で歩きながらロッカーに行く。そして最初にロッカーの前でタオルを使って片足を入念に拭く。その足を床からあげたまま、靴下をまず履かなければならない。最初にパンツから履く人が多いだろうが、僕の場合はパンツは後回し。片方ずつタオルで足を拭いて靴下を履いたらようやく下着に取り掛かることができるのである。

潔癖症ならそもそも温泉に入るのはどうなのか、という批判もあろうが、そこはなぜか平気で、気持ちよさが優るのだろう。ただし体を洗ったらもう風呂にはつかれない。

ちなみに電車の吊り革ももてないが、輪っかの上の部分に触れたり、ベルトの部分をつまんだり、ポールの上あたりを摑んだりはできる。あまり人がふれていないというのが基準みたいだ。

話を靴下に戻そう。正直、室内で靴下を履いていると暑い。冬は暖房が効いているし、夏はそもそも暑いし、そのなかで履かずにはおれない人間のことを考えてほしい。だから、しばしば靴下を足の前半分だけ履いて、後ろは素足を出すことがある。前が覆われていれば床やスリッパに触れる面はほとんどなくなり、なおかつ涼しくなるのだ。

けれどもリビングで頻繁にこういう履き方をしていると「だらしない」「気持ち悪い」と妻はいう。ついでに子供たちも便乗して「パパ、ちゃんと靴下履くなら履きなよ」と笑いものにしてくる。でも僕はめげない。人それぞれ事情というものがあるのだ。

このあいだコロナ禍が落ち着いたタイミングで、久々に山口の実家に家族で行った。そこで僕たちは衝撃的な光景を目撃した。なんとおじいちゃん（つまり僕の父）が「靴下半分履き」をしていたのだ。これまで一度も気づかなかった。

妻と僕は無言のまま目を見合わせて、半笑いプラス驚きの混じった微妙な表情を浮かべた。血は争えないとはこのことだ。父は明らかに潔癖ではないので、どういう事情があるのかわからないけれども、どうして「靴下半分履き」をしているのか、今度会ったときに聞いてみようと思う。

動かなすぎる社会

高校の音楽教師で年に数回しか音楽の授業をせず、ひたすら雑談ばかりする人がいた。松原先生という中年の教師だ。

音楽とはまったく関係のない、先生の人生の経験談だった。一般的に、その時間は受験にまったく効果のない、無駄な時間にほかならない。いまだとすぐに問題化されるだろうが、いまだに一番記憶に残っているのは、その教師の「授業」であり、人生の端々でその先生の言葉が思い出される。

実際のところ、三分の一は下ネタだったと思うが、大人になったいまでは、かなり美化されていると思う。

他にも小学2年生のとき、クラスのみんなで『戦争を知らない子供たち』を毎朝歌わせる末広先生という若い男性教師もいた。朝、教室に入ってくると卓上にカセットデッキをバンっと置いて音楽を流した。大きなサングラスに長髪で、ヒッピーのような風貌の痩せた先生だった。善か悪かなら、間違いなく「悪」の空気を纏っていた。おかげで7歳児にして、戦争について毎日のように考えを巡らせ、彼のその容姿と反戦歌は鮮明に記憶に刻まれた。

思い返してみると、昔は変な教師がたくさんいた。そしてその変な先生の話は、子供には知りようのない魅惑の世界が広がって、とても面白かった。大学の先生など、変人の集まりだったが、近年はまともな人ばかりになった。

僕は普段、大学で研究と教育に携わっているが、かつて思い描いていた大学の先生のイメージと、いまの自分はずいぶんかけ離れている。理想的な学者のイメージ——研究室で読書と執筆に耽溺し、学生と優雅に学問の話を延々とする先生——に憧れ、いざ教員になってみると、学生たちと研究室や飲み屋でダラダラと学問の話をする余裕もない。

教員は雑務に忙殺され、厳しい業績評価によって短期的に成果が求められる。学生はインターンや就活に余念がない。教員も学生も多忙で無駄なことはやらないし、損得勘定で動く人が増えた。理想の大学の先生はいまや絶滅危惧種だ。効率主義に抗うのは難しく、アカデミアにゆとりはない。

だが、実のところ効率主義／成果主義とアカデミアはとても相性が悪い。ＳＮＳ社会となった２０１０年代、「難しいことをわかりやすく伝えること」の価値が高まった。難解で複雑なもの、抽象的なものを理解しようとする努力や好奇心がなくなり、いかに易しく噛み砕くかが「知性」とみなされるようになった。

たしかに見える化して整理し、難しいことを単純化することで、ステップアップしていると感じられるし、損した気分にはならないかもしれない。けれども、教育や研究は膨大な時間を要する。一見、非効率的で無駄に思われる時間にこそ重要な要素があるといってもいい。

僕の専門の一つは映画学だ。いまは映画館に通わなくても大量に作品を観られるので年に３００本は観てほしいとつねづね院生たちに伝えている。そんな時間はない、という表情が返ってくる。

端的にいって9割以上は駄作、名作など1割に満たない。だが、研究力を身につけるには、いい映画だけ観ていてもダメだろう。駄作と2時間ともに過ごし、何がダメなのか批判的に思考すること。たまに極上の映画と巡り遭うこと。そういう日常的な訓練が名画を見極める批評眼を育んでゆく。圧倒的な無駄に付き合うことで研究や批評は成り立つ。

コロナ禍にゼミがオンラインになったが、そこで失われたのは雑談である。大学院生だった頃、公式のゼミ以外に研究室を超えて仲間で集まり、ゼミの倍以上の時間、あてもなく話していた。その何気ない対話から重要なアイデアが閃いたり、ヒントをもらったりすることがある。

最近、遠隔と対面を選択できるようにしたとき、ゼミの後、対面組は1時間ほど研究に関する雑談をしていた。授業時間外の対話をどう作るかが意外に重要で、一見、無駄に思える雑談が研究のブレイクスルーになる経験を何度も味わった。

院生は研究論文を書くが、本来大量の先行研究や資料に網羅的にアクセスしなければならない。けれども動かずに検索するので研究テーマと直接関連する、ネットで読める論文だけ読んで引用するケースが増えた。資料収集の方法を知っても、労力を惜しんで資料館や国会図書館に足を運ばない。

接続過剰なネット社会に包まれ、コロナ禍を経て生身の身体は「動かなすぎる社会」になった。これからは再び雑談と移動を取り戻すことを考えたい。

レールを踏み外す

日本人の平均寿命は延び続け、男女ともに80歳以上、女性にいたってはすでに90歳近い。そう遠くない未来に100歳まで生きるのが当たり前の時代になるだろう。

だとすると80歳まで働く社会になってもおかしくはない。それなのに高校を卒業してすぐに大学に進学するなんてリスクが高すぎるのではないだろうか。そう、つねづね思ってきた。

若いうちに大学で学びたい専門や将来の目標が定まっている幸運な人は、すぐに進学すればいいし、大学に行かずとも目指せる夢があるなら行く必要はない。けれども日本では高校から大学にそのまま進むことが理想のルートとされ、踏み外すと落伍者のように見られることが少なくない。

OECDのデータによると、高等教育機関へ入学する平均年齢は日本が18歳でもっとも低く、スイスやデンマークは25歳。日本のように在学中から就職活動を一斉に開始する国も珍しい。

こんなにも同年代で集まって進学・就活をやっていては多様な人間も社会も生まれるはずがない。だから僕はその敷かれたレールから外れることにした……というのは後づけの理由で、高校までまるで勉強に興味がなかったから結果的にそうなったにすぎない。

小学生から中学生まで僕はまともに椅子に座って授業を受けられなかった。小学6年のとき、あまりにも僕が椅子の上に立つので、足を引っ張って逆さにし、お尻を叩く「足上げケツ叩き」という必殺技まで担任の原田先生に発明させてしまった。卒業文集で「一番怖いものは?」という質問に僕は「足上げケツ叩き」と記してある。

教育実習で地元の中学に行ったとき、当時の音楽教諭でクラス担任だった先生から「北村君は授業中も椅子の上に立っとったね(笑)」といわれてしまった。恥かしいことに椅子にいつも立つ奴と記憶されているではないか。

実際、いつもではなかったと思うが、座ってじっとしてなかった自覚はある。とにかく興味のないことを我慢して聞くのが耐えられなかったのだ。本物の暴力教師の授業だけ、なんとか動かずに持ち堪えていた。ただ、授業の内容はまったく頭に入ってこなかった。

あの授業は、いま思い返しても地獄のようだった。

高校を卒業した僕は下関から上京して気の向くままに過ごした。音楽活動や映画作りをし、好きな本を読み漁り、バイトをしては旅に出る日々。日本をヒッチハイクし、アジアを中心にバックパックを背負って旅をして生きた。

僕が大学に行ったのは27歳のときだ。やりたいことがたくさんあって高校を出てから約10年間、自由奔放に生きた。海外に行きたくて長期で働けないからアルバイトを転々とした。風呂なし共同トイレのぼろアパートで極貧生活を味わったこともある。

安いパンで飢えを凌ぎ、金欠で銭湯に行けず、ガスがきていなかったため水道水で髪を洗い体を拭いた。夏はゴキブリが大量発生し、冬は凍えかけた。与えられた環境の外部は予想外の出来事に満ちていた。

感受性が豊かな時期に、大いに遊んで本を読み、いろいろな仕事を経験してさまざまな国の人たちと交流し、学者という本気でやりたいことが見つかったのが20代中頃。もしそのまま大学に進学していたらと思うとゾッとする。間違いなく、いかに楽に単位を取ってサボるかに躍起になっていたと思う。

だが、学問をやりたくて大学に行った僕は、脳が飢えを満たすように知識をどんどん吸収していった。どんな講義でも楽しくて仕方なかった。

一方、一人だけかなり年上だったため、どうもクラスに溶け込めない感覚があった。交換留学に行ったアメリカでは民族や宗教、年代が幅広く、外国なのに自分の居場所がある感じがした。

「人生100年時代」の到来が謳われる時代に、18歳で大学に行って4年で卒業するなんてもったいない。大学には人生の一番いいタイミングで行ける世の中になってほしい。多感な時期にレールからはみ出して好きなことを思い切りやれる社会。一度働いた後でもいつでも学び直せる社会になればいい。そうすれば人生は豊かに、社会は多様に、毎日がもっと面白くなる。

サンタクロースは誰だ

毎年クリスマスの時期になると、我が家では子供たちとサンタさんの存在に関する攻防戦が繰り広げられる。上から11歳、7歳、4歳と3人いるので、サンタさんの真相についての熱い議論が、年末の恒例行事になっているのだ。

上の娘が5歳だったとき、保育園から帰ってきてすぐに、「クリスマスはどこの国も同じ日でしょ。日本に来ているのに、どうしてイタリアにも行けるのか謎なんだよ……。ねぇ、サンタさんは一人なんでしょ？」と詰問してきた。日本が昼のときに遠くの国は夜だから届ける時間帯が違うんだよ、と答えてその場をやり過ごした。

小3になった娘が、クリスマスの数日前に帰宅するなり「サンタさんはパパだったんだね!?」と突然いってくるので何事かと思って理由を尋ねてみた。どうやら友達がサンタさんに「サインをください」と手紙を書いて寝たところ、サイン付きの返事が来たらしく、しばらく経ってからお父さんに「サンタ」と紙に書いてもらうと筆跡が同じだったから判ったとのこと、最近の子供は怖すぎると戦慄した。

同じ年、5歳だった息子がクリスマスの日が近づき、唐突に「ねぇ、サンタさんって本当は親なんじゃない？」といってきた。ドキッとしたが彼によると「サンタさんが1日で子供たち全員にプレゼントを配って回るのは無理だから、先に親に渡してるんだと思う。僕のプレゼント、もらってない？」とのこと。鋭いなと思いつつ、かわいらしくてホッとしたのだった。

この息子は毎年どうもおかしいと怪しんでいるらしく、小1になった年、朝起きてプレゼントを発見するや「いつも僕はサンタさんがもってきてるのか、パパかママがもってきてるのか、どっちだろうって思ってるんだよな」という。

「え……サンタさんのこと疑ってるの？」と聞くと「いや、親が無料のプレゼント会場で選んで子供が寝てるときに置いてるんじゃないかなって思って」というので、どういうことか尋ねたら、息子いわく「だってさ、サンタさんのソリって車くらいの速さでしょ。一人で世界中の子供たちに配れるわけないいんだよ。おかしいでしょ？　誰かが協力してるって考えないと」とつねに合理的なリアリストなのであった。

娘は小5になってついに真相を知ってしまった。

我が家ではクリスマスの2週間ほど前に子供たちにお願いするプレゼントを聞く。このときも聞き出してすでに購入していたのだが、クリスマスの前々日に娘が突然「これから欲しいプレゼントのお願いの手紙書かなきゃ!」といい出す。

親が「え、前にキャスケットが欲しいってお願いしてたじゃん」と驚くと「あれは結局お願いしなかったんだよ」と返してくる。カチンときて「そんな急な変更できるわけないでしょうが。サンタさんにも都合があるんだから!」といったら泣き出す始末。仕方なく妻が「あなたも親になったらわかるよ」といったら「……やっぱり」とこぼした。

どうやらクラスメイトにネタバレされて薄々感づいていたらしい。それが今回のやり取りで決定的になってしまった。

そんなことがあって娘のプレゼントは急遽「ファッション誌の専属モデルとチェキを撮るイベントに参加する」というサンタの真相を知っているからこその難易度の高いお願いにヴァージョンアップ。朝早くから遠出し、寒いなか並んでたくさん服を買うはめに……。

果たして攻防戦の勝者とは?

本との付き合い方

若い頃はずっと三度の飯より音楽で、ご飯を削ってでもCDに注ぎ込んでいた。あれほどモノに対して強烈なフェティシズムがあったのに、いまでは便利な配信で満足し、椎名林檎や藤井風など特別なアーティスト以外、CDを買うことがなくなってしまった。

CDをケースから取り出すときのギュッという音と触感も好きだったし、コンポに入れて音楽が流れ始めるまでのキュルキュルっという独特な待ち時間もワクワクして好きだった。何度も擦り切れるほど歌詞カードを眺めていたのに……。まるで魔法が消えたみたいにモノに宿る魂を感じられなくなってしまった。

あらゆるものが無形の情報に置き換わってゆく。僕たちは、そんな時代の変化に立ち会っている。便利だから仕方ないことかもしれない。映画も同じだ。映画館で観て気に入った作品はＤＶＤを買っていたが、配信で満足するようになった。

本も漫画を中心に電子書籍が好調で、紙の雑誌は厳しい。けれども、なぜか本だけは紙から電子に移行できない。いつまでたっても、どちらか選べるなら紙の本を読む。だが、これもなかなか不便に感じることが多くなってしまった。

僕は1泊2日の出張でも、紙の本を10冊くらい持っていってしまう。もちろんすべて読めるわけではない。絶対に読み切らない。せいぜい読めても2〜3冊。近所の喫茶店で本を読むときも重たいのに5冊は持っていく。

全部読めないことはわかっているのに、たくさん持って行かないと不安で仕方ないのだ。スーツケースにスペースがあったら着替えの服を我慢して本を詰め込む。服は同じものを2日着ればいいが読みたいと思った本がないのは困る。

電子書籍なら楽だろうなといつも思うのに、本だけは重さのある、あの物体でなければ嫌なのである。ページをめくる音、指先で触れる質感、紙の独特な匂い、装丁の美しさ。こうした五感を刺激してやまない本の佇まいなしでは、どうも本という感じがしない。僕にとって本は単なる活字のデータではないらしい。

大学生だった頃、満員電車で本を読んでいてキレられたことがある。アンソニー・ギデンズによる『社会学』の第五版が翻訳されたばかりで、僕は混雑した電車で立ったまま千頁あるその書物を読み耽っていた。

周囲は人でいっぱいだったので、鈍器のようなその本を持ち上げて頭の上のスペースを使った。すると隣の男が気に障ったようで「おい、迷惑だろ！」と僕に一喝。ドアの近くにも文庫を読んでいる人がいたから、ついその方向に目をやると「人のことはいい、お前にいってんだ！」と怒鳴られてしまった。

文庫本はよくて鈍器本はダメだということか、あるいは片手で読めるサイズならよくて両手で上空がダメだということか。たしかに鈍器本の存在感と威圧感は凄まじいものがある。タブレットで読んでいれば怒られなかったかもしれない。

そんな苦い経験があってもなお、僕は重たい本を持ち運ぶ。本への愛着はこの10年間変わっていない。だが、忙しくなって必要に応じて読む本も多く、読み方がかなり変わってしまった。

かつては「3回読書」を実践していた。

1回目は重要そうなところに手当たり次第、付箋を貼りながら読む。2回目はその付箋で必要ないところを剥がしながら読む。3回目は残った付箋を中心にノートにまとめながら読む。

そうすると、かなりのことが整理されて頭に入ってくる。そんな本との付き合い方が、しばらくできていない。あの頃の読書は本当に贅沢な時間だった。いつの日か、再びこんなふうにちゃんと本と向き合える日を、僕は待ちわびている。

研究室という空間

大学に所属するほとんどの教員には研究室が与えられている。一般に理解しがたいかもしれないが、大学の研究室という空間はかなり特殊な場所だ。学問分野によっては共同で使う場合もあろうが、僕の知るかぎり人文学の多くの研究者は、大量の本に囲まれた個室で論文を読み、資料を分析し、執筆する。

研究室はかなり個性が出て面白い。本が乱雑に積み上げられ、いまにも崩れ落ちてもおかしくないアナーキーな研究室、資料なのかゴミなのか得体の知れないものが溢れていて足の踏み場もない汚い研究室、厖大なコレクションが陳列する趣味部屋と化したオタク研究室、何もないミニマルな研究室など、千差万別だ。学者の人格を研究室が体現しているといってもよい。

僕はといえば几帳面で潔癖なので研究室はかなり綺麗にしている。本も見出しプレートでジャンルごとに書棚に整理して置いているし、ＤＶＤも細かく分類して棚見出しをつけて所蔵している。体がリラックスした状態でないと集中して書けないので研究室は土足禁止、ゆったりとした服を着て仕事をする。

部屋での作業時は、コーヒーを淹れて決まった場所に置いてから開始しないとどうにも気持ち悪い。書物で溢れかえった無秩序な研究室に憧れもするが、こういう性格だから僕の研究室はつまらないくらいにいつも綺麗だ。

考えてみれば、研究室は不思議な空間である。大学という公共の場にありながら分析や執筆に勤しみ、自室のように着替えることもある私的領域でもある。私的空間の利用が多い僕のなかでは研究室の扉は公私を隔てる境界のようなものだ。

ところが近年、この空間が突然脅かされることが増えた。

たとえば宅配の人。たまにノックをするや、いきなりドアをあける人がいて驚く。オンライン授業をしていたり、会議中だったりすることもあるのだが、ノックの後、こちらが返事をする間もなく突然ドアをあけて「北村さん、お届け物です」とくるので困惑してしまう。

学生の面談でも同じようなことが起こるのだが、やはりノックをして、こちらが返事をしていないのにすぐにドアを開けて入ってくる人が増えたように思う。夏などは服を着替えている最中のこともあるので、裸の間くらい返事を待ってはくれまいか。

他者の空間が想像できなくなってきているのだろうか。あるいは社会全体が「待つ」ということができなくなっているのか。それともタイムパフォーマンスが重視されているのだろうか。

それでいえば、大学院への進学希望者と面談する機会が多いのだが、最近はそのメールのやり取りにも変化を感じている。面談の依頼をする志望者が、「私が空いているのはこの日です」と3つくらい日時を指定して、このなかから調整してくださいというメールがくるのだ。

たしかにこれで僕が空いていれば一往復のやり取りでアポが取れる。つまり依頼する側がいつ空いているか尋ねて、僕が候補を返信し、それに再び返すというやり取りよりも少なくて済む。

効率主義なのか利己主義なのかはわからないが、学生と教員の間柄にかぎらず、ビジネスでも依頼する者が相手の予定をまず聞くのが僕の常識だったから、これにはやはり違和感を抱く。

とはいえ、常識というものは時代とともに変化していくので、甘んじて受け入れるほかないのかもしれない。ただ、そんなに都合よくスケジュールが空いているわけもなく、大抵は提示された日時だと空いていないので代わりの候補日を伝え、結果的に効率は悪くなってしまう。

整理された僕の研究室

テレビゲームと利他

子供たちとよく一緒にテレビゲームで遊んでいる。僕が思春期を過ごした１９９０年代は、すでに家庭に普及していたファミコンと、新しく登場したスーパーファミコンが爆発的なブームを巻き起こしたテレビゲームの時代だった。

子供にとって次々に登場してくるゲーム機は、熱狂せずにはおれない魅惑の機械だったが、その一方で親にとっては、中毒性が高く、勉強や運動の時間を子供から奪う、家庭から排除すべき「悪」にほかならなかった。

けれども、自分が親になった２０１０年代、テレビゲームは子供たちから排除すべきものだという認識はあまりない。むしろ、我が家でそうすべきだと思うのは、際限なく見続けるタブレットのほうである。いや、もっとピンポイントでYouTubeといったほうがいいだろう。

YouTubeの動画は質の低いものまで大量にあって、やめられずに延々と視聴する。動画配信はレンタルの時代と違って見切れないほどのコンテンツがある。スマートフォンやタブレットはテレビに比べて画面が小さいので、目が悪くなるのが心配だ。だから「もうやめてテレビでゲームをしなさい！」とすらいってしまう。

90年代とは異なり、いまのゲームは素晴らしい要素がたくさんある。各自がスマホやタブレットを使って家族が分断される現代にあって、リビングで一緒にやるテレビゲームは、そんな地獄絵図から救い出し、相互的コミュニケーションを生み出してくれる。ニンテンドースイッチで子供と『マリオカート』や『マリオパーティ』、あるいは『スイッチスポーツ』で遊ぶとき、我が家では家族の構成員が一つにつながる。

ゲームと健康が直結していくのは、フィットネスやスポーツなどファミリー向けソフトがヒットした2000年代後半からの潮流だろうが、コロナ禍になってゲームへの評価はいっそう高まった。ジムに行けないので『リングフィット・アドベンチャー』や『フィットボクシング』で運動してダイエットに成功、ステイホームのなか、ストレスもかなり発散できた。ゲームがあってよかったと思った。

最近、息子は『スーパーマリオメーカー2』にハマっている。マリオのコースを自ら制作することができるだけでなく、作ったコースを世界中の人たちにシェアできる。投稿したらすぐにカナダやフランスなど、さまざまな国の人たちが遊んで「いいね！」やコメントをくれる。

ネットがほとんど普及していなかった90年代には考えられないことだ。制作者が作ったゲームを消費するだけでなく、自らが世界の創造者となることもできる。テレビゲームは家族のみならず、世界中の人々と遊びを介してつながることができる。なんて夢があるのだろう。

コロナ社会の到来とともに「利他」という言葉が広く使われるようになった。困っている人たちに寄付したり、クラウドファンディングに参加したりする人も増えた。

けれども、こうした利他行為は、ときに与え手が偽善的に思えたり、受け手に負債感を抱かせたりする。利他的な振る舞いをしたはずなのに、どこか利己的な行為に思えてくることさえある。

「利他主義」とは、19世紀にフランスの社会学者オーギュスト・コントが作った造語で「愛他主義」とも訳されることがある。西洋において、「利他」は「利己」の対概念という認識が強い。それよりももっと前に「利他」という言葉を日本で用いた空海は「自利利他」といい、「利他」は「自利」と分かち難く結びついていることを説いた。

マリオメーカーは自分だけの世界を作り上げる楽しみを味わいながら、同時に世界中の人たちも楽しませている。まさに空海のいう自他ともに利することの実践に思えて、見ているこちらも幸せになるのだった。

トゲのない世界

小さい頃から背が低くて痩せていた。高校生で急に身長が伸びて172センチになったが、体重は増えないままで20代中頃までは55キロ、体脂肪率も8%しかなかった。30代に入って同じ食生活を続けていたら体重がどんどん増えて、最大で75キロになった。筋肉をつけていたわけではないから、単に加齢とともに脂肪がついただけだ。20キロも増えて「痩せ型」から「やや肥満」に移行した僕のボディラインは、昔とはまったく違う。周囲からは揶揄されることもあるが、実のところ僕は太った自分の体が嫌いではない。冬がこれほど暖かく過ごせるとは思わなかった。もちろん健康のために太りすぎないようにはしたいが、70キロ台の体との付き合いは5年程度なので、まだ少し新鮮さが残っている。

なぜ自分の体についてつらつらと書いたかというと、たまたま文学における言葉の表現に関する記事を読んだからだ。それは英国の小説家・ロアルド・ダールの作中の表現が出版社によって現代の読者に適したものに変更されたというものである。

記事によると『チャーリーとチョコレート工場』に登場する「太った」食いしん坊の少年が「大きな」という表現に改められたという。その後、批判が殺到し、オリジナルのまま出版されることになったらしい。こんな調子ならフィクションの世界がそのうちいい人だらけになってしまうだろう。

以前、『アクター・ジェンダー・イメージズ』という俳優評論の本で、フランキー堺のアクションを「小太り」にもかかわらず、機敏な動きでスクリーンにスピード感を印象づけると称賛したら、同じように表現が非難されたことがある。ここでもダールの件のように「少し大きなフランキー堺」とでもすればよかったのだろうか……。

もし「太った」と書くことが外見への差別だと思うなら、そう感じる人こそ見た目に関する特定の価値観で他者に評価を下しているのではないか。そんな価値基準では本当に多様性を認めあう社会など作れるわけがない。

ある言葉を禁ずることが逆に差別を助長することもある。言葉を規制するよりも、われわれの感性をアップデートすること。太ってようが痩せてようが多様な身体のありようを肯定するほうが、よほどダイバーシティ社会の実現へと近づくだろう。

近年はテレビドラマで悪役が出てくるとクレームが入ることが増えているらしい。残酷な描写への批判も増えたと聞く。たしかに凶悪犯も本物のアウトローも、かつてほど描けなくなったし、グロテスクなおぞましい描写はマイルドになった。

傷つくことを過剰に恐れ、悪を排除し、フィクションの世界から不快な言葉は抹消されてゆく。嘘っぽくリアリティのない快適な世界ばかりが作り上げられる。現実では凄惨な戦争や災害が起こっているのに、果たしてこのままでいいのだろうか、と教育に携わる者として心配になる。

もちろん、言葉やイメージがいかなる影響を及ぼすかに敏感になることは大事だ。けれども、この世界の暴力や悪から目を背け続けることもできない。

快適な虚構の世界に浸って満足するのもいいが、フィクションが描く凶悪な人間や残酷な暴力は、現実社会で虐げられ、蔑まれた弱者の世界を想像する力を培ってきただろう。本当の意味で多様性のある未来を切り拓くには、想像力を痩せ細らせない社会を築かなければならない。

推しの氾濫

ここ5年ほど「推し」がブームとなり乱用されている感さえある。大学でレポートを課すと、無意識なのか自分の推しだけ「さん」付けし、他の人物は呼び捨てにして「推し」との差別化をはかる学生もいるほどだ。

僕ですらアイドルの講義では学生から「先生がももクロ推しであることが十分伝わってきた」とのコメントを拝受、バーチャルYouTuberを扱う授業では「先生の表情を見ていると誰が推しかわかるようになった。ミライアカリが好きなんだろうなというのは伝わってきました」といわれ、やや恥ずかしい。

真面目な話、「推し」は現代社会における有名人とファンの関係性を表す言葉で、実に興味深い使われ方をしていると思う。「推し」と名詞で使うとアイドルなど対象を指すが、動詞で「推す」というときの動作の主体はファン自身だ。

「推し活」とは自分の好きな対象を応援する活動のことで、やはり主体はファンである。ファンという言葉は20世紀初頭に誕生した映画スターの時代から長く使われているが、現代の「推す」という言葉は、より能動的な行為を感じさせる。

20世紀に誕生した映画スターのファンは、そのカリスマ性に心を奪われる受動的なイメージがあった。だが、21世紀の「推し」は好きな対象へと一歩踏み込んで「支えている」感覚があったり、周囲へと「布教する」行動であったり、他よりも上へ「推しあげる」意志を感じさせたりと能動的なニュアンスを含む、SNS社会に成立した応援のモードのように思う。

スターに陶酔するアナログメディア時代の受動的な関係性から、有名人とのコミュニケーションに参与できるソーシャルメディア時代の能動的なモードの違いといえばいいだろうか。

いいかえれば、20世紀のマスメディアがスターに付与するカリスマ性は、ファンとの間に絶対的な隔たりを感じさせる一方で、21世紀のソーシャルメディアは卑近で親密な関係が築けるという幻想を抱かせる。だから「推し文化」は人生を豊かにもするし、貧しくもするだろう。

２０１９年に『美と破壊の女優 京マチ子』という往年のスター女優のことを論じた本を出版した。昔の映画で初めて見たときの彼女の強烈な存在感に圧倒されてから絶対に彼女のことを歴史化したいと思った。

執筆していたときはすでに引退していたものの、95歳でご存命だった。１９５０年代の映画の黄金時代を彩った京マチ子に「推し」という言葉はそぐわない。原節子しかり。僕は『椎名林檎論――乱調の音楽』という本を書いているが、やはり椎名林檎も、「推す」対象としてどこかしっくりこない。

彼女たちはこちらがどう頑張って活動しても、支えている感覚は得られないだろうし、何も変えられない気がする。どれだけ迫ろうとしても、どこか到達できず突き放される感じすらある。ただその魅力や才能に圧倒されたいと思わせる。

僕はおそらく「推し」に会いに行ったり、他人に勧めたりする「推し活」に関心がない。なぜなら京マチ子や椎名林檎が「会いに行けるアイドル」でないからこそ、僕は陶酔したのだろうし、ただ遠くで映像や音楽に圧倒されていたいからだ。むしろ簡単には会いに行けない距離を大事にしたい。

京マチ子の本を刊行してから3ヶ月後、彼女は旅立った。結局、会えずじまいだった。関係者が僕の本を手渡してくれていたらしく、亡くなる直前、彼女の手元に読みかけの僕の本があったと聞いた。生前に本を渡すことができて、本当によかった。

恩師の忘れられない姿

先日、僕の恩師である吉見俊哉先生の最終講義があった。「東大紛争」と題されたその講義は、貸し切りにした安田講堂の舞台上からメディア・イベントとして世界へ向けてライブ配信された。

社会学とメディア論を専門にしながら、盛り場やテーマパークにおいて人びとが「演じること」を考え続けた先生らしい、前代未聞の最終講義である。

先生はとても厳しかった。普段は柔和で腰が低いが、ゼミで学問の話になると熱烈峻厳、論理的矛盾を鋭く見抜き、広い視野から見識のある深いコメントが飛んでくる。準備不足の中途半端な発表をすれば木っ端微塵になってしまう。

かつて先生の論文や著書を学生が徹底的に批判し、それに応答する「吉見俊哉を叩きのめせ」という伝説的な授業があって、激しい議論の応酬が繰り広げられていたという。

僕は先生ほど多忙な人を見たことがない。初めて研究室で面談に訪れたとき、昼食を取る時間がなく、カップラーメンを食べながら話された。ゼミ生を連れて海外で研究発表をする機会をよく作ってくれたが、空港の数十分程度の待ち時間に当日のプレゼン資料を作っていた。

院生の指導にも熱心で、発表の前日にホテルの一室で予行練習に付き合ってくれた。立ったまま寝ていたのを僕は見逃さなかった。夏は恒例のゼミ合宿があり、セミナーハウスを借りて夜までひたすら研究発表と議論、続けて飲み会が始まり、先生も遅くまで付き合ってくれるが、その後も部屋に戻って仕事をしているふうだった。

しかもゼミ生が多かったから、翌日も朝からゼミ発表がある。先生は学生の発表中にしばしばこっくりこっくりと居眠りをするのだが、質疑の時間に入るとむくりと起きて的確なコメントや手厳しい質問をバンバン浴びせる。端的にいって、超人だ。

僕のなかでの大学教授のイメージは、若い頃に四方田犬彦の『先生とわたし』を読んで明確に形づくられた。その昔、仏文の澁澤龍彥、独文の種村季弘と並び称された英文の由良君美のことを弟子の四方田が描いた自伝的エッセイで、碩学者の華やかな絶頂期から、絶望と孤独に苦しむ転落期までが弟子の視点から活写される。

僕の心を捉えたのは公式ゼミの後に由良が学生たちを研究室に引き連れて、ウイスキーを嗜みながら最近観た映画や読んだ本の話しを延々とする「本格的なゼミ」のシーンだ。最初にこの本に出会ったとき、アカデミアの世界はなんて魅力的なのだろうと感銘を受けたものだ。

現代の大学にこんな優雅な雰囲気は微塵もない。教員は雑務に追われ、学生も忙しい。僕たちの世代は気軽に学生を誘えない人も多いと聞く。

数年前、僕が学生としてでなく教員の立場になって『先生とわたし』を再読したとき、別の意味をもつ本として出合い直すことになった。それは本書の根底にある「教師とは何か」という問題である。

自壊していった由良君美は真っ当な教師ではなかったかもしれないが、四方田犬彦や高山宏など博覧強記で規格外の学者たちを育てた。僕は学生に何を教えられているのだろうか――。

吉見先生のことで忘れられない思い出がある。それは院生の国際交流を深める目的で、中国の清華大学に発表に行ったときのことだ。

プログラムが終わり、夕暮れの時間に先生と院生で万里の長城を訪れた。僕たちはその歴史的遺産を前に少し困惑していた。なぜなら、いたるところにカラフルな電飾が取り付けられてピカピカと異様な光を発していたからだ。

するとと先生は突如「ディズニーランドだ！」と叫ぶやいなや、ずんずんと登って行かれて、待ち合わせの18時を過ぎても上のほうに行ったまま戻ってこなかった。当時はすでに還暦が近かったが、その飽くなき好奇心とバイタリティに一介の弟子は深く心を打たれ、先生の姿が脳裏に鮮明に刻まれたのだった。

安全な遊びと学び

僕は普段、３人の子育てをしながら、大学で芸術や文化を教えている。最近は遊具の研究も始めたので頻繁に子供たちを連れて公園に行くようになった。だから日常に遊びと学びが分かち難く存在する。当たり前のことだが、遊びや学びは僕が幼かった80年代とはまったく違うし、ここ10年でもずいぶん変化している。

たとえば公園。子供に人気の回転遊具（グローブジャングル）や箱型ブランコは安全性の面からどんどん撤去され、ボール遊びが禁止の公園も少なくない。大人用の健康遊具が増え、大型の立派な複合遊具が立ち並ぶ。最近のトレンドは障害のある子供でも一緒に遊べるインクルーシブ遊具の導入だろう。

社会的包摂の時流に乗って、誰もが一緒に遊べる「インクルーシブ公園」という言葉も聞く。ところが昨今の公園では「安全確保」のため３歳から６歳、６歳から12歳という年齢制限が設けられている複合遊具も多い。遊ばせると3人きょうだいは引き離され、バラバラに遊ぶしかない。

昨今の複合遊具はスペクタクルで豪華なものが増えた。自治体や遊具メーカーはトラブルを未然に防ぐため、ガチガチの安全基準をクリアした遊具ばかり。年齢別にカテゴリー分けされ、安心安全なルートが遊びを規定する。

むろん親も一緒に遊びたくとも叶わず、見守り役に徹するほかない。デンマークとドイツにフィールドワークに行ったら、僕が訪れた公園はどれも年齢制限などなく、親子が一緒になって遊んでいた。

子供は親が遊具で一緒に遊ぶと心から嬉しそうな顔をする。けれども、日本では大人と子供は交わることができないように設計されているのだ。

吊り橋の遊具も落下しないよう全然揺れないものが増え、息子はグラグラしないからつまらないといって他の場所へ行ってしまう。リスク回避で安全と引き換えにスリリングな体験は奪われている。

高齢者は健康遊具へ、幼児と児童は別々の遊具へ、親は見守りへ……。モノに居場所を定められ、世代を超えた関わりは断ち切られ、管理される空間。「インクルーシブ」であるはずが内部ではエクスクルーシブ（排他的）になっているように感じられてならない。これで創造的な遊びがいかに生まれるというのだろうか。

幼少期の公園ではスリルを求めて危ない目に遭い、身をもって危険を味わった。そのおかげで自分の身体の限界を知ることができたように思う。いま向かっている安全に管理された公園は、自分の身体がどこまでいけるのか、限界を知る術がない。

子供を見ながら少し不安に感じる。危険を未然に排除した空間でしか遊ぶことができず、全身を使って危険を体験することがない遊び場で育っていくのだから。

社会から危険で不快なものを遠ざけようとする傾向は、何も公園にかぎった話ではない。たとえば大学。多くの大学ではＬＭＳ（学習管理システム）が導入され、配布資料の閲覧、出席や課題の提出など隅々まで管理が行き届き、教員も学生も息苦しくなっている。「大学ってもっと自由なところかと思った。高校と何が違うのだろう」という感想をしばしば耳にする。最近では知の蓄積もないままアクティブラーニングと称して無理に対話させる授業が増えた。主体的に学んだ気にさせる。効率的な管理システムは「退屈さ」を与えず、学びの「余白」を奪ってしまう。

芸術の講義でもショッキングな前衛芸術ではなく、公共性に基づく無難な作品を選ぶようになり、刺激の強い映画は見せられない。黒澤明の『用心棒』を流したとき、チャンバラの場面がグロテスクだとクレームを受けて頭を抱えてしまった。だが、現実は残酷で不快で不条理だ。もっと社会の遊びや学びに「安全な危険性」を取り戻すことを考えなければならない。

メディアのマナー

個人宛のメールがこちらの想定していない別の他人に転送されることがある。メールには、仕事のやり取りであっても、事務的な内容を避け、その人との関係だからこそ伝える近況報告や子育ての話題なども含まれる。

悪気はないのだろうが、それが知らない間に他人に読まれるのは気分がよくない。最近、フィールドワークでやり取りをした先方とのメールを証拠として転送するように大学の所属先にいわれて困惑した。メールの本文には事務的な内容以外にも個人的な対話が含まれている。それを第三者に見せるのは気が引ける。

スマートフォンが普及してスクリーンショットが容易になり、誰かにいわれた内容を文字化するのが面倒だからか、スクショを撮って「これどう思う?」といった連絡がくることがある。その人に送られた言葉を僕が読むことに後ろめたさのようなものを抱く。

だからソーシャルメディアでの個人宛のDMを送るとき、いつも誰か他の人に読まれる可能性を考えて、うまく言葉が出てこないときがある。メディアを介したコミュニケーションのマナーはとても難しい。家に電話機しかなかった時代はさほど難しくなかった。親の躾からか夜の9時を過ぎたら連絡を控えるようにした。

多少の差はあれども、遅い時間帯に電話をかけることは一般的に非常識だと見なされていると思う。携帯電話やLINEの通話だとしても、お互い夜遅くまで起きているという共通認識でもないかぎり、いきなり夜中に電話をすることはあまりないはずだ。

たまに夜中にLINEの通話がかかってくる。僕が夜遅くまで起きていることを知っているからだろうが、たとえそうだとしても僕の常識からは逸脱する。早く寝ていることもあるし、子供が隣に寝ていることもあるので、夜は声が出せない状況が多い。

これがLINEのメッセージになるとどうだろう。通話ほど気にしなくていいが、僕はEメールよりも送る時間帯を意識する。現在ならいつでも好きに送ればいい、返せるときに返信するものだ、と思っている人も多いと思う。相手にもよるが、僕は少し遅い時間帯になるとやはり躊躇してしまう。

以前、知人に尋ねたら、深夜にメッセージを送っても非常識ではない、それは受け手の責任だ、といわれた。要するに邪魔されたくなければサイレントモードにすればいいし、気づきたいならわかるように設定すればいいというのだ。

仕事柄よく喫茶店に入って原稿を書く。２０１０年代中頃あたりから、音を出してスマートフォンで動画を流したり、ゲームの音を普通に出して遊んだりする人が確実に増えた。これは若者にかぎった話ではない。年齢にかかわらず増えていると思う。

カフェの雑音は気にならず仕事が捗るのだが、ゲームの電子音や動画の音声が近くで聞こえると気が散って作業ができない。だから遭遇したらすぐに退散する。２０００年代頃までは、公共の場でのこうした振る舞いはマナー違反だという意識があったように思うが、最近はかなり変わってきた。平然とタブレットで動画を流し、ゲームに興じる。子供にかぎった話ではない。

近年のノイズキャンセリング機能がついたイヤフォンは高性能で驚かされるが、公共空間における音の問題も「受け手の問題」になるのだろうか。

いつでもどこでも音を出したいときに出し、メッセージを送りたいときに送る。嫌なら受け手が予防すればいいのだから――。今後ますますそうなっていくなら、他者の気持ちや生活を想像する必要はなくなるだろう。

怒りを飼いならせ

人間の基本的な感情のなかで、いまもっとも過小評価を受けているのは「怒り」ではないだろうか。

強く逞しい「男らしさ」からの解放として、男が泣くことがポジティヴに見直されているし、哀しみの感情は抑え込むより表に出すほうがいいとされる。

だが、怒りをコントロールする「アンガーマネジメント」のスキルが近年注目されていることからもわかるように、怒りは管理すべき悪であり、この術は職場でのハラスメント防止や良好な人間関係の維持のため、企業の研修でも取り入れられているらしい。

実のところ、怒りは長らく哲学的な主題であった。ストア派の哲学者だったセネカは、怒りは狂気の一形態だとした。仏教でも瞋恚は人間の諸悪の根源である三毒の一つとされる。怒りを肯定的に捉える哲学は少ない。

たしかにさまざまな局面で怒りの管理は必要だ。驚くべきことに、怒りを見える化してコントロールするアプリもあるという。けれども感情の行き過ぎた管理は生きる力を奪いかねないし、人によってはカタルシスにつながる怒りの放出が必要かもしれない。

振り返ってみると、自分の人生を突き動かしてきた根源的なエネルギーは怒りだったように思う。受験勉強でわからないと腹が立ち、覚えられないと激昂し、眠気や疲労に負けそうになる自分の弱さに怒りの力で打ち勝った。

とはいえ、怒りは諸刃の剣で、昔から表に出やすい僕としては付き合うのが大変な感情だった。高校のとき横暴な父に反抗して数ヶ月家出をし、頭ごなしに権力を振りかざす教師に我慢ならず、夜の校舎窓ガラス壊してまわった、というのは冗談だが、丸めたプリントを投げつけて教室を出ていった。

あまりに手がつけられないので高校の担任に親は退学を勧められてしまった。若気の至りかと思いきや、大人になっても一向に変わらない。やる気スイッチならぬ、「怒りスイッチ」が入ると、もう止められなかった。

後から来て平然と先にエレベーターに乗る人、バイト先のパワハラ上司、自分のミスを認めない店員、数え切れないほどの人たちといい争いをし、摑み合いの喧嘩になったこともある。

理不尽な決まり、横柄な態度、杓子定規な対応、社会は僕にとってあまりにも不条理で生きづらく、揉め事が絶えなかった。世の中にはこんなにもおかしいことがあるのに……とスマートにやり過ごせる人を羨ましく思って生きてきた。

怒るのには途轍もないエネルギーが必要だ。心身ともに非常に疲れる。

だが、ちょうど30代後半くらいから、あまり怒らなくなった。ようやく「大人」になれたのだろうか。自己分析をしてみると、一つはおそらく子育ての経験が大きいのではないかと思う。

子供というのは常にルールを逸脱する、理不尽きわまりない生き物だ。日々接していると僕の怒りセンサーは鈍化せざるを得ない。

もう一つの可能性は少し哀しい。以前の僕は人を信じていた。どれだけ身勝手な振る舞いをする人でも、ちゃんと話せば絶対に理解してもらえて、社会がよくなるのだと信じて疑わなかった。ある意味、他者に熱心に接していた。

だが、所詮わからない人は話してもわからない。時間の無駄。面倒なトラブルは避けたい。怒っても仕方ない――。そういう思いが上回ってきたと感じる。すると、なぜか怒りを飼いならせるようになっていた。いつかまた、愛をもって他者と真剣にいい争える日がくるだろうか。

サバイブする文字

本を執筆するにあたって、いろいろな段階がある。一般書や研究書など、ものによって多少プロセスは異なるが、基本的に資料調査は不可欠である。

アプローチの仕方で調査方法は違うが、関連する書物や論文を検索して読むという作業は基本的に共通してあり、この段階はとても好きだ。まずデータベースからさまざまなキーワードを組み合わせて検索し、読みたい資料をリストアップする。対象のことがいろいろ知れて楽しい。

最近はインターネットで直接読める論文が増えたが、検索した目的のものにしかアクセスできないので、やはり図書館で直接、本や雑誌を手にしてページをめくって読み進めていくのが好きなアナログ人間だと実感する。

周りの記事に唆されて読んでしまったり、検索にはなかった記事を発見したり、偶然面白い文章に出会うことが資料調査の醍醐味でもある。

先行文献を調べて読んだら、いよいよ執筆に取り組む。これはなかなか苦しい。いいアイデアが降りてきて、ぐんぐん書き進められるときの爽快な感じは堪らないが、調子がいいときばかりではもちろんない。まったく閃くことなく、時間ばかりが過ぎて一日に一行も書けないことは珍しくない。どこかに逃亡したい気持ちに駆られる。

むろん、そんなことはしないが、こうした長く苦しいプロセスを経て、ようやく原稿が書き上がったときの感覚もまた、言葉にできないほど嬉しい。脱力感もものすごいものがあるが……。脱稿したら次のステップは校正である。

編集者が読んでコメントを入れると同時に、校閲者が誤字・脱字や表記の揺れをチェックしてゲラが戻ってくる。もちろん、自分自身でもすべての原稿を読み直して誤字・脱字や表記の確認をしてゆく。

ぼくはこの段階がもっとも嫌いだ。脱稿したら、あとは誰かが誤字・脱字をチェックして表記揺れを確認してくれたらどれだけいいだろう、といつも思う。構成や表現なども見直しは他者の力が必要で、この作業はそれほど嫌いではない。ただ、誤字・脱字や表記揺れの確認と修正だけは、苦痛極まりない。今後きっとＡＩがますます活躍していくことになるだろう。

本の場合、この校正のプロセスが最大で初校・再校・3校・念校と続く。出版社によっては3校がない場合もあるが、いずれにせよ、こうしたプロセスを通じて本は出来上がっていく。つまり、一度の校正で執筆者・編集者・校正者・校閲者と複数の人間が鋭いまなざしを注ぎながら読み、誤字・脱字を入念にチェックするのだ。

話は飛躍するが、近年、社会学や人類学などの分野で、「アクターネットワーク理論」や「マルチスピーシーズ人類学」という言葉が注目されている。前者は人間だけでなく、社会や自然のなかに存在するあらゆるものが絶えず変化し、作用するものとして捉える。後者は複数の種の間で構成される経験世界を記述しようとする試みである。ものすごく単純化していえば、どちらも人間中心主義的な見方から離れて、モノや生き物の視点で物事を考えていこうとする方法だ。

ゲラに記された文字というモノは、不必要であれば赤入れされ世界から抹消される。文字からすればたまったものではない。人間の都合で、いらんから消えろといわれても理不尽極まりない。文字の世界から人間世界を眺めてみると、文字というアクターが、人間に対してエージェンシーとしての力を発揮するから、排除されるのである。

したがって、この力をなるべく発揮せず、密やかに存在していれば、人間に勘付かれずに済む。この前、川島雄三の書物を作っていて、3校にいたるまで「フランキー堺」が「フランキー界」になっていてひどく焦った。文章を読むと、なんだかわからない「フランキーワールド」が出現しているではないか。本当に心から焦って冷や汗が出た。

だが、幾度にわたる校正・校閲をすり抜ける誤字・脱字・誤植の生命力の強さは凄まじいものがある。なにしろ鋭いまなざしの数々を幾度となく注がれてもくぐり抜け、3校にいたる過酷な校正・校閲の目をかいくぐってきた強者だ。「界」は文字世界の構成員のなかで称賛されるに違いない。そう思うと、校正作業が少しだけ、楽しくなった。

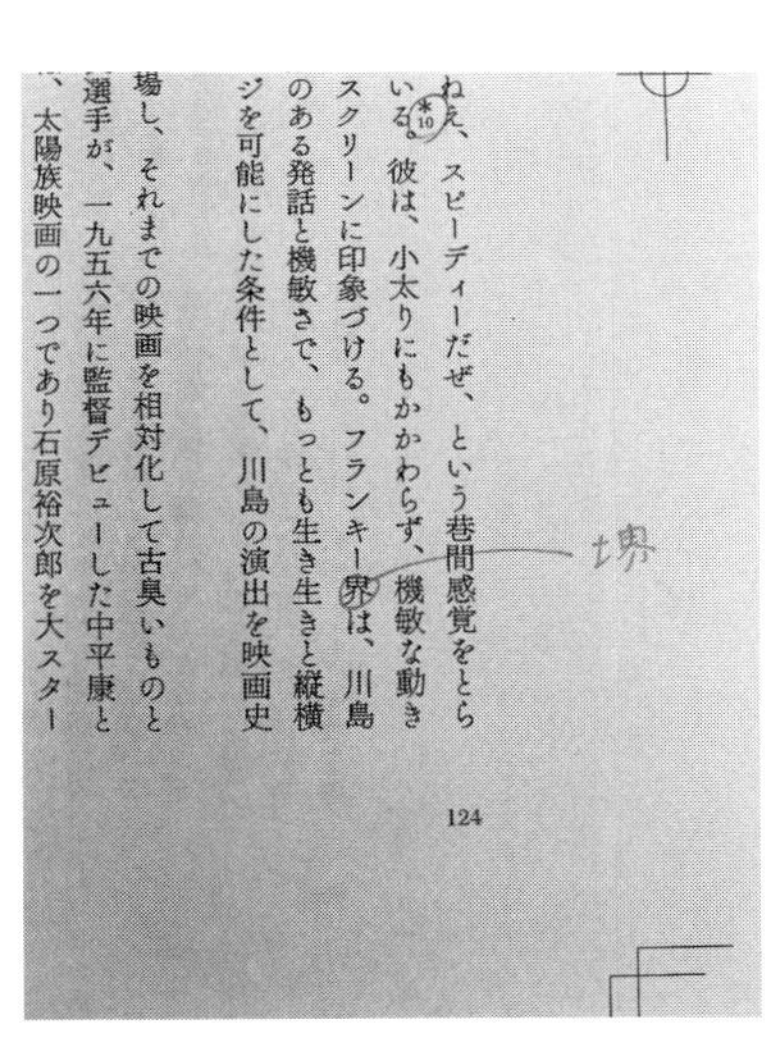
ねえ、スピーディーだぜ、という巷間感覚をとら
いる[*10]。彼は、小太りにもかかわらず、機敏な動き
スクリーンに印象づける。フランキー界は、川島
のある発話と機敏さで、もっとも生き生きと縦横
ジを可能にした条件として、川島の演出を映画史
場し、それまでの映画を相対化して古臭いものと
選手が、一九五六年に監督デビューした中平康と
、太陽族映画の一つであり石原裕次郎を大スター

124

堺

３校まで生き延びた「界」

大人になること

日本では2022年から成年年齢が18歳に引き下げられ、大人になる年齢が2年早まった。世界の多くの国では18歳が成人とされているが、21歳の国もそれなりにある。

一方、低い国だとネパールが16歳、プエルトリコが14歳とかなり若い。こうしてみると国によってずいぶん違うのだなと驚く。とはいえ、これは法律上の決め事であり、「大人」になったと実感するのは個々人でかなり違うのではないだろうか。

18歳で上京し、一人暮らしを始めた頃、高校まで親に頼りっぱなしだった僕は、まともに生活することができなかった。脱ぎ捨てた服が天井まで積み上がり、洗わずに放置した食器が流しから溢れ出て、部屋中に得体の知れない小さな虫が飛び交っていた。とてもではないが、自分が「大人」になったとは感じられなかった。

変な話だが、初めて僕が「大人」だと実感できたのは、ギターの音色だったと思う。中学生からクラシックギターを習い、エレキギターも始め、自分で作曲をしていたのだが、そのとき聴いていた音楽はロックを中心としたジャンルで、あまり複雑なコードを弾くことも聞くこともなかった。だから教則本を見ながらジャズで多用されるテンションコードを弾くことはあったが、変な音としか思わなかった。

それがある日、なぜか急に素敵な響きだと思えるようになったのである。たしかEマイナーセブンス・ナインスだったと思う。その瞬間、僕は大人になったのだと強く思った。嬉しくなってその日はジャジーなコードをいろいろ弾いて過ごしたことを覚えている。21歳くらいだった。それ以来、ジャズやファンク、ボサノヴァを背伸びせず聴けるようになっていった。

ビールもそうだ。僕は20代、ほとんどお酒は飲まなかった。バイト先の飲み会で居酒屋に行ったり、クラブで酒をあおったりすることはあったが、それは対話や空間を楽しむためであって、ビール自体まったく美味しいとは思わずに飲んでいた。

けれども30代後半になって、急にあの苦味と喉越しをたまらなく欲するようになってしまった。いまでは毎日缶ビール1本を飲まずにはいられない。その一杯のために日々の仕事を頑張っているといってもいいくらいだ。

このように生活の端々で自分の成長を、行為を通じて、少しずつ体感してきた。だが、生活のなかでずっと自分はまだ「子供」だと意識せざるを得ない場面があった。それは料理である。昔は中華屋でアルバイトをしていたので、少しは作ることがあったが、家庭をもってから長い間、妻に任せっぱなしだった。

毎日、人にご飯を食べさせてもらうことによって、まだ「子供」だと、「大人」になれていないと感じていた。だが40歳近くになり、料理をして家族にふるまうようになって、やっと「子供」だと感じなくなった。

実際、法律上の定義に則って18歳で成人しても、大人になったと実感できない人は多いように思う。大人/子供の境界は曖昧で、大人でも子供でもある時期は、意外にも長いのではないか。

子供だと思う瞬間がもう一つあった。公園で子供たちと思いっきり遊ぶときだ。童心に戻るといったほうが正確かもしれない。公園で子供たちと遊ぶときだけは、僕は「子供」のままだ。きっと60歳を過ぎて、思うように体が動かなくなったら、そのとき、ようやく「子供」を卒業して、正真正銘の「大人」になるのかもしれない。

アンコールワットの片隅で

人生には不意に価値観を一転させてしまう出来事が起こる。偉大な人との出会いでなくとも、ときに通りすがりの人との他愛のない会話が契機となることもある。旅先のカンボジアの町の片隅で、小さなゲストハウスにたまたま居合わせた旅人が発した言葉がそうだった。

もう20年前のこと。高校を卒業して、それなりに楽しく暮らしてはいたが、大学進学という社会に敷かれたレールからはみ出した僕は、明確な目的もなく、日々無為に過ごしていた。何をやってものめり込めない、そんな感覚がいつもあった。だからかもしれないが、将来の不安に駆られ、無性に何かを求めて旅に出かけていたように思う。

シェムリアップという町で思いがけず会話をした中年のバックパッカーは、日本でアルバイトをしてはその金で世界を旅しているという。僕は彼に「その生活って将来不安じゃないですか？」と尋ねた。すると彼は顎髭を触りながら少し微笑んでこういった。

「いや、俺は将来の老後のために生きてるわけじゃないからさ。なんていうか、いまを犠牲にするんじゃなくて、いまを生きたいっていうか。だから、いま、もし死んでも、俺はたぶん後悔しないよ」

しばらく僕は何も答えられなかったと思う。地方公務員の家庭に生まれ、いつからか、将来のためにいまは苦しくとも耐えなければならないのが人生だと思っていた。——いまを犠牲にせずに生きること。突然、何かに打たれたような衝撃を受け、その言葉はずっと心に残り続けた。

それまでの僕はやり始めたことを投げ出すのは悪だと思い込んでいた。だからピザ屋の店長のパワハラに耐えられず、アルバイトを３ヶ月でやめたのはダメなことだと感じていた（当時の日本社会ではパワハラは当然のごとく横行していた）。けれども、その旅人の言葉は過去の自分の行為をも肯定してくれた。おそらくそんな環境で我慢し続けていたら心が折れていただろう。

それ以来、僕はいまを大事にするようになった。良くも悪くも、やりたいと思えば何でも挑戦し、苦痛だと感じたら我慢しない。そうやって30以上の職を体験し、自分にとってこれしかないという仕事にたどり着いた。

学問領域にもよるが僕のような人文学の研究者はひたすら資料に向き合い、分析して執筆する。とても孤独な営みだ。思うように研究が進まず、精神に負荷がかかることもある。だが、いまは心の健康を害してまで頑張りすぎなくていいと思える。研究室の学生にもいつもそう伝える。

僕は不快な環境だと思ったら即座に逃げ、嫌な関係は断ち切り、しんどいと思ったら無理せず断念する。だから耐えて頑張れなどと学生にいえるはずがない。つらいなら休むという選択肢があっていい。

あの旅で触れた言葉は、いまの自分を大事にすることでもあった。振り返るとこれまで逃走の繰り返し。だからこそ息苦しい時代でも何とかやれているのかもしれない。

僕は現代を生き抜く3つの力を大事にしたい。それは鈍感力・忘却力・逃避力。

一見、ネガティヴに思えるが、鋭敏に感じ取りつつ鈍化させ、記憶に刻みつつ忘却し、飛び込んでも嫌なら逃走する、どれもポジティヴな力だ。鈍感力は心を守り、忘却力は負の過去を切り離して現在を輝かせ、逃避力は新たな場所に向かうエネルギーともいえる。

だが、いまのところ、研究から逃走する日は遠いようだ。

消えゆく自然の遊具

いま僕は遊具の研究をしている。だから公園や幼稚園にフィールドワークに行く。最近、豪華な複合遊具もインクルーシブ遊具もたくさんある都内の公園に行った。だが、禁止事項がいたるところに貼られ、丁寧に遊び方が記されている。

ブランコに並ぶため入口と出口の通路がロープで敷かれ長蛇の列。「並んでいる人がいたら20回で変わってね」と看板に書かれていて、ちゃんと20回で交代していた。始まりと終わりがあってルール通りに遊ぶ。まるで人間が効率よく遊具に管理されたディストピアのようだった。

子供たちを結びつけ熱狂させる遊具もあれば、子供同士を競わせ分断させる遊具もある。遊具はとても奥深い。だが、大阪府南河内郡にある「森と畑のようちえん　いろは」の遊具は、これまで観察したどの遊具とも異なり、その概念が根本的に覆された。

森で野外保育をする「いろは」では晴れの日も雨の日も、冬でも夏でも自然のなかで過ごす。運営しているのはすごくパワフルな福井希帆さん。僕は昨年末の極寒の中、4日間一緒に子供たちと過ごさせてもらった。

朝は焚き火をして全員で囲む。体が芯から温まり、穏やかな気持ちになる。だからだろうか、子供たちはすぐに受け入れてくれ、日々送り迎えしている保育園よりも、居場所がある感じがした。

幼稚園といっても園舎も園庭もなければ豪華な遊具もない。けれども、倒れた山桜がジャングルジムになり、長い竹が滑り台になる。山桜の枝は遊ばれるたびに形を変え、段々朽ちて焚き火の燃料となり、2年の歳月をかけて消えていったという。

長い竹の滑り台は遊んでいるとそのうち竹の枝がしなって折れてしまう。変化して消える遊具だ。自然は毎日違う表情を子供たちに見せる。人間の都合で自然をコントロールするのではなく、人間が自然のサイクルに寄り添って生活する。

突然、山の急勾配を次々に子供たちが滑ってきた。砂まみれになって斜面を転がり落ちてくる。これ以上ないほどスリリングな滑り台だ。園には境界がなく、山登りや沢登りをして森の奥まで探索する。

いつ崩れるかわからない足場、いつ折れるかわからない手摺。いつも危険は隣り合わせだ。だが、だからこそ子供たちは注意深く自然のありようを観察し、慎重に触れ、対話をする。福井さんは興味深い話をしてくれた。

「危ないものは遠ざけると逆に危なくて、近くにあってその危険性を体が実感しているほうが危なくないんです」

福井さんは森より公園の遊具のほうが怖いらしい。安全に作られたものだと安心しきって遊ぶからだ。一方、森の遊具は自然のままなので折れたりしなったり、反応があり、相互に呼応しあう。だが公園の遊具は対話がない。だから安心して見ていられないのだ。

子供たちは火の危険性とありがたさを身をもって実感する。森の厳しさと美しさを体で味わっている。自然の中だと自由に遊べるように思えるが実際は制限だらけ。整備されていないから、足を置こうとする石がどのくらい安定しているか、摑めそうな木をどう握るか、常に先の先を予測しながら自然のほうに身体をあわせてゆく。そこで日々過ごすと自分本位な考えから脱して他者をじっくり観察し、想像する力が養われるという。

本当に多様性を認める社会を築き上げるには単なる知識やルールではなく、幼少期からのこうした体験が大切なのだと強く思った。

僕の家族のこと

僕の家族はそれぞれちょっと変わったところがある。でも、僕はそのちょっと個性的なところが愛おしいと思っている。エッセイで取り上げてもいいか尋ねたら、みんなOKとのことなので、ごく個人的な僕の家族のことを綴らせてほしい。

小学6年の娘は常に顔のどこかが動く。口元や鼻など繰り返し動かさずにはおれない。いわゆるチック症状が慢性的に表情に出るタイプだ。長期間同じチックが続くときもあれば、別のところに転じることもある。妻も同じで最近はずっと口元を動かしていた。

この二人がマスクを外したくない理由は、心置きなく隠れて口元を動かせるからだという。実のところ僕も幼い頃から鼻すすり、咳払い、瞬きなどチックの症状が激しかったから止められない気持ちはよくわかる。いまでも頻繁に目をパチパチしてしまう。

娘には夜寝る前の儀式がある。寝る直前にお茶を47口飲まなければ死ぬと思って毎晩そうしてきた。努力してどうにかいまは7ロまで減らせたようだ。次に家中の鍵がかかっていることを確認してから寝室に行く。横になってから妻に「死なないよね?」と確認して「大丈夫」といってもらって寝る。毎日、必ずこの決め事をやれば安心なのだそうだ。我が家では夜の恒例イベントで、もはや日常化している。

5歳の娘も決め事が多い。おやすみのタッチやハグを必ず偶数回やらないと気が済まない。きのこの山などのお菓子でも同じで、どれだけ大好きであっても7個だと嫌だから6個でやめておく。本人いわく「バランスが取れないとイヤ!」ということらしい。

小学2年の息子は顔面に出る症状はないが、環境が変わるのを極端に嫌がる。3歳で引っ越したとき、激しい吃音になって、うまくしゃべれなくなってしまった。

保育園のお遊戯会は親がたくさんきて普段と違うので、年中クラスになっても一人だけできずに泣いていた。とにかく環境に慣れると、そこから出ることを嫌がる傾向にある。いまの家が気に入っているようで、学校以外はほとんど外に行きたがらない。

息子はゲームをやったり本を読んだり、何かに熱中するときは動かずに没頭するのだが、ご飯の時間になると座っていられない。椅子の上に立ち上がり、動き回り、ドラマを流せばテレビの前でヘッドバットのような動きを繰り返す。学校ではちゃんと座っているようなので、その反動かもしれない。逸脱行為だと矯正するのではなく、いまは子供の体が望むままにしておこうと思っている。

何を隠そう僕も幼少期から多動で授業中でも椅子にじっと座っていられず、小学1年のときは授業中にふらふら歩いてクラスメイトと喧嘩をしていた。息子を見ていると昔の自分を見ているようでつらい。中学のときも頻繁に椅子の上に立って叩かれたし、高校では何か夢中で創作しているか寝ているか、あるいは教室を出て行くかであった。

その一方、キャンプに行って川の魚をシュノーケルで観察したときは、腰をかがめて同じ体勢で4時間ほど没頭し、気づいたときには体が固まって動けなくなった。息子と驚くほどそっくりだ。血は争えない。

チックや多動などが表面化するのには、精神的・先天的な理由があるといわれている。でもいまはその理由について、掘り下げずに見守っていようと思う。娘の激しく動く表情も他者に危害を加えるわけではないし、何より顔の動きが小動物みたいで面白く、つい笑ってしまう。これが僕の家族の当たり前の日常だから、このままでいい。

映画館の暗闇

映画研究者なので仕事柄よく映画館に行く。現実の世界から切り離された真っ暗な空間に包まれ、巨大なスクリーンに投影されるイメージに没入する甘美な至福の時間。煩わしいことをいったん忘れて、別の世界に浸っていられるひとときの幸せ。ところが近年、その優雅な時が脅かされることが多い。鑑賞中のスマホ利用の多発である。

かつてはそうでもなかったが最近は目に余る。スマホ依存症――。酷いときは数分おきにチェックしないと気が済まないらしく、近くで画面がチカチカ光って鑑賞の邪魔をする。観察すると申し訳なさそうにスマホを見ている様子でもない。ほとんどの人は当然のごとくスマホをチェックしている。動画配信の時代になって自宅で視聴しながらスマホをいじっている人も少なくないだろう。私的な空間が公共空間にかなり入り込んできているのかもしれない。

動画配信サービスやＤＶＤで視聴するのと違って映画館では自分の都合で映像を止めたり倍速で観たりできず、座席に座ればもう好き放題動けない。その受動性こそが映画館の醍醐味だといえるだろう。

もう一つ、映画館の重要な特徴の一つが集団性だ。見知らぬ者同士が同じ空間に集い、大スクリーンで作品を味わう。だから僕はホラー映画の観客の悲鳴や、コメディ映画の観客の笑いが好きだ。

アメリカのカリフォルニア州に留学していたとき、定期的に映画館に行ったが、観客の反応が日本とは全然違っていた。歓喜の声をあげ、面白いと声をあげて笑う。拍手喝采も起こる。観客全員で一体感に包まれる経験を何度も味わった。話し声も聞こえるし、スクリーンに声をかけることもある。

スマホが普及する前のことだからわからないが、上映中にスマホを見る人も多いだろう。一方、日本では面白くても笑いや驚きの反応を我慢する人が多い。文化が違えば当然マナーも全然違う。だから数年前に品川で観た『カメラを止めるな！』の上映中、観客席が大爆笑に包まれたときは珍しい貴重な体験に感動した。

だが先日、『ザ・スーパーマリオブラザーズ・ムービー』を観に連れて行った5歳の娘が、上映中に「ピーチ！」と声援を送ったら、隣の男性があからさまに嫌な顔をしてこちらを睨んだ。応援上映ならよいが、そうではない空間で逸脱する振る舞いには厳しい。とはいえ、スクリーンの高倉健に向かって「待ってました！」と客席から声がかけられていたというあまりに有名なエピソードもある。ある時期までは日本の映画館でも、こうした振る舞いは当たり前だった。

ダンスシーンが映画に組み込まれるインド映画では観客が一緒になって踊るという。時代や国によって映画館での鑑賞モードはかなり違って面白い。いまの日本の映画館は世界でも有数の静けさを誇っているかもしれない。

個人的に映画館では笑ったり叫んだり、リアクションがあっていいと思う。だがスマホの光だけはどうしても許容できない。どちらも個人の自由という考え方なのになぜだろう。応援上映のサイリウムの光はまったく気にならないのに……。

スマホは映画館の外部と連絡を取り、情報を得るメディアだ。いわば映画と関係ないプライベートな外部の光である。一方、悲鳴や拍手は映画に付随する反応だ。きっとこの感情はシネフィリー、すなわち映画愛に関係がある。映画館でしか味わえない一体感を僕はどこかで欲しているのだ。

手書きの温もり

テクノロジーの発達は生活のあらゆる面を便利にした。インターネットで午前中に注文すると早ければその日のうちに商品が届いてしまう。アナログ時代を過ごした１９８２年生まれの中年としては便利すぎて恐ろしいくらいだ。

コロナ禍になった２０２０年、生活のみならず大学教育のあり方も一変した。けれども、コロナ前と比べると、オンラインで出席フォームを提出してもらうようになったことが個人的には大きな変化だったと感じる。

コロナ前まではレジュメはウェブサイトで閲覧してもらうようにしていたが、授業後のコメントシートは紙で配布していた。いま思えば授業を終えて一枚ずつ読む手書きの紙からいろいろな情報を受け取っていたのだと気づく。書かれた内容のことだけではない。メッセージを伝える荒々しい筆致、繊細な書き振り、美しい筆跡。手書きの文字からは個性が溢れ出ていた。

　ところがオンラインで提出されたコメントをダウンロードすると、当然ながらすべての文字は画一化される。似たような内容でも、手書きであれば個性が滲み出るので別物という感じがしたが、デジタルだと差異が均質化されてしまう。

　だからといって以前のやり方に戻れるかといえばなかなか厳しい。３年を経て授業は対面に戻ってきているが、大人数の授業で紙のコメントシートを集めることは、業務を効率化するテクノロジーの力にひとたび慣れてしまうと、やはりできそうもない。

　いまではほとんどのやり取りがＬＭＳという学習管理システムを介したレジュメの共有や課題の提出だ。教場試験でもないかぎりレポートを手書きで提出する学生などいない。どんどんデジタル技術がコミュニケーションを覆い尽くす。

　こうしたメディア環境にあって、不意に届けられる手紙は存外に嬉しい。あるとき映画館について書いたら、戦後、『新諸国物語 紅孔雀』を観て映画館が拍手喝采に包まれ、みんなで応援したこと、客席が一体になって一心太助や鞍馬天狗を大声で応援したことが綴られた読者からの温かい手紙を受け取った。

　どれも当時の映画館の様子がありありと目に浮かぶ熱量で書かれた、個性豊かな手書きの手紙だった。その体験と筆致に僕は胸が熱くなった。

数年前にも小学1年のときの担任だった中室先生が新聞に掲載された僕のインタビュー記事をたまたま見つけて手紙をくれたことがある。僕が原節子や京マチ子の本を書いていることを知り、当時の戦争体験や占領期の記憶を鮮明に綴った手書きの文章で送ってくれたのである。

30年以上経っているにもかかわらず、一人の児童のことを覚えているのに驚いたが、それ以上に82歳になっても、幼少期の記憶をほとばしる筆致で書きつける豊かな表現力には驚嘆するほかない。手紙にはいつも僕の本を通した敗戦後の日本のことが生々しく綴られている。長い歴史を生きた人たちの書く文字は、本当に美しく温かい。

デジタル技術に囲まれ、ますます手書きが少なくなっているが、唯一いまだにボールペンを使って書くことがある。調査先でのフィールドノートだ。

子供たちの公園での遊びを観察して書き留めていくそのノートは、冬の現場で寒さに震えながら書いた文字、暑さに負けそうになりながら書いた文字、春の心地よさに躍動する文字がちゃんと残っている。見返すといつでもそのときの状況を、まざまざと思い出すことができる。

子供の豊かな想像力

物書きを生業としていると、自分の想像力の欠如に落胆する場面がたくさんある。

そういうときに子供の想像力があったらとつねづね思う。日々、小さな子供を育てていると、思いがけない発想や発言に出くわすことが多々あって面白い。

息子が5歳だったときのこと。家でやっているお勉強のワークに、書かれている質問に口頭で答える形式の問題があった。そこにはこう書かれていた。

「家で飼いたいものは何ですか？　その理由も教えてください」

この質問に対して、どう答えるのか聞き耳を立てていた。息子の回答はこうだ。

「ボクが家で飼いたいものは、チョウチンアンコウです。理由は、夜寝るときに怖いので、明るい光で照らしてくれるからです！」

大人にはなかなかこういう発想は出てこない。子供は頭のなかで自由にいろいろなものが結びついていく。だが、大人は論理や現実的な発想にしばしば囚われてしまう。

保育園に送っているときにこんなこともあった。夏の暑い日、空に大きな入道雲があって、僕が思わず息子に空を指差して見てごらんといったら、「うわぁ〜ぼく雲が食べたいんだよなぁ〜」と目を輝かせていった。

それを聞いた僕は、ただちに「いやいや、雲は食べらません（笑）」と返してしまった。するとと息子はこう返す。

「でもさ、タータンは虹を歩いて雲を食べてんだよ。おいしそうなんだぁ〜」

タータンというのは、キヨノサチコ作・絵の人気の絵本『ノンタン』シリーズに出てくるノンタンの妹だ。後で確認したら『ノンタン ふわふわタータン』で、たしかに虹を散歩したタータンが、雲のわたあめをおいしそうに食べている場面がある。

僕が息子と同じくらいの年齢のとき、こういう感性をもっていただろうか、などと考えながら、ものすごくつまらない現実的な返しをしてしまったと妙に反省して1日を過ごしたのであった。

この息子は昔から連想が好きらしく、思い返すとこういう発言がたくさんあったように思う。彼がまだ2歳になる直前のこと、覚えたての言葉を使って周りのものに対して、ぺちゃくちゃと何か話すのが好きだった時期のことだ。

ある日の夜、ベランダに出てみると、快晴だったので月がくっきりと見えた。僕は妻に「すごい綺麗な三日月だね」と春先の心地よい風が吹くベランダで、澄み渡った空を見上げていった。「うわ〜すっごい綺麗！」と彼女がいう。その話をリビングで聞いていたらしく、トコトコと歩いてきた息子は、その月を見るや大声でいった。

「あ、お月さま、ねんね！　オーイ、お・き・て〜！」

——かわいすぎる。細い月の形を見て、眠っているように見えて呼びかける子供のかわいらしい想像力の豊かさに、もうそんな発想はできないなという何ともいえない寂しい感情と、子供のまっすぐな言葉にいじらしさを感じたのだった。

僕と妻が「ほんとだね」「かわいいね」「すごいなぁ」と息子を大絶賛していると、部屋のなかでその会話を聞いていた長女がムッとした表情で外にやってきた。

弟ばかりが誉められていることに嫉妬したからか、当時、5歳で、その日に虫歯が見つかったばかりの娘は、難しい顔をして必死に考えながら、メタファー対決を弟に挑んだ。

「……お口のなかでバイキンマンが賑やかに遊んでる！」

妻と僕は大喜利に挑戦する小さな子供を見ているようでつい笑ってしまった。子供の何にも囚われていない自由で豊かな発想と、まっすぐな想像力に癒され、心が洗われたような気持ちになった夜だった。

空き地と土管

昔よく裏山にある空き地で遊んで過ごした。実家は下関の小さな山のふもとにあり、家のすぐ裏に山が広がっていた。薮の中を抜けると急勾配のスペースがあって、誰が吊るしたかわからないロープが木にぶら下がっていた。

僕たちはよくそこに集まってターザンロープをして遊んだ。斜面がかなり急で、公園にあるような生やさしいものではない。いったんロープを摑んで地面を蹴ると、怖いからといってやめられない。絶対に離してはならないと誓って死ぬ気でジャンプしなくてはならないのだ。

幸い僕は手を離したことはないが、一緒に遊んでいた友人が一人犠牲になった。ターザンロープが一番高いところで手を離してしまったのだ。体ごと宙を舞ってそのまま地面に叩きつけられた。その時の空中を飛んでいった彼の姿は、どこかスローモーションの映像のようで、いまだにしっかりと脳裏に焼き付いている。

腰から地面に落下し、たぶん、30分くらいもがき苦しんでいたと思う。骨くらい折れてもおかしくなかったと思うが、ようやくおさまって、どれだけすごいジャンプだったかを僕たちは話した。あまりの美しい飛び方に、みんな笑いが止まらなかった。飛んだ本人も大笑いしていた。

工事現場の瓦礫が置いてある空き地でもよく遊んだ。何があるわけでもない。ただ原っぱがあって、瓦礫が積み上げられているので、そこを登ったり、隠れたり、いろんな遊びが生み出されていった。近所に空き地がたくさんあって、何もない空間でも遊び場になった。昔はそういう何でもない空間が多かったように思う。

地域の公園でもそう。最低限の遊具があったが、ただ放課後、何の目的もなく集まって、ボール遊びをやったり靴飛ばしをやったり、その場で遊びが編み出されていった。いまでもきっと、そういう遊びをやっている子供たちはいるのだと思う。

その一方で、豪華な複合遊具が立ち並ぶ公園がすごく増えた。まるで遊園地みたいに贅沢な空間。どちらがいいか問われたら、多くの子供は豪華な公園を選ぶだろう。

建築家の青木淳は著書『原っぱと遊園地 —— 建築にとってその場の質とは何か』で、

子供たちの日常的な遊び場だった「原っぱ」と「遊園地」を対比させ、前者は空間への関わり方が自由で、後者は逆算して作られ演出されていると述べた。「遊園地」には、ジェットコースターならジェットコースターとしての遊び方しか許されていない。

いまの遊び場にはこういう遊具がとても増えたような印象がある。青木によれば、原っぱとは「宅地として完成する一歩手前で、その意図が見えなくなってしまった空間」だという。こういう場所にはよく土管が置かれていた。土管がある原っぱは、たしかに昔よくあったが、最近あまり見なくなった。

目的化に抗う空間という意味で、土管はものすごいポテンシャルをもっていると思う。ただ、円管が大きな穴の空間を形づくっているだけ。だが、子供の自由な空間を象徴するイメージとしても重要な機能をもつし、子供の遊びを限定することなく解放・展開していくようなモノとして存在する。

よじ登ったり滑り降りたり、隠れたり飛んだり、休んだり雨宿りしたりできる――。いろんなアクションが生まれる。僕たち大人にとっては、ノスタルジーを喚起させる存在だ。よく怪我もしたが、あの形はたまらない。手触りもいい。僕は全国の公園をたびたび訪れているが、土管を置いている公園はいまでもいくつかある。

たとえば、向山中央公園（宮城県仙台市）、武生中央公園（福井県越前市）、紀の川市民公園「野あそびの丘」（和歌山県紀の川市）、羽根木公園（東京都世田谷区）などには遊べる土管が設置されている。これからも土管のある遊び場をもっと探して訪れてみたい。華やかな遊具のある立派な公園もいい。だが、もっと子供たちが空間に自由に関われる遊び場があったほうがいい。

何もない空間にポツンと置かれた土管。何の目的も要請してこない、遊びの可能性を広げてくれる、余白のある土管。そういう意味で、目的化への抵抗の力をそなえた土管は、遊びのポテンシャルを無限に秘めた「遊具」なのだ。

紀の川市民公園「野あそびの丘」の土管

怒れるタクシー運転手

息子が高熱のため、急いで近くの小児科を予約した。けれども、家から歩いていくと20分以上かかってしまう。真夏で猛暑が続き、息子も39度の熱がある。妻と相談し、タクシーを呼ぶことにした。

普段はタクシーなど贅沢だからほとんど使わないが、最近はタクシーを呼ぶのも便利になった。アプリで現在地と目的地を入力すれば、すぐに来てくれる。手配料が追加でかかるが、急に雨に降られたり、病気でしんどかったりしたときに重宝している。

クレジットカードを登録していれば車内での面倒な決済はなく、現在地から目的地まで届けてくれる。少し割高だが、この利便性には抗えない。この日もアプリですぐにタクシーを呼んだ。ところが、予定の時間になっても一向にこない。夕方の混んでいる時間帯だからだろうと思いつつ、アプリ内の画面のタクシーの動きを見続けていた。

ようやく5分くらい遅れて近くに来たと思ったら、右折しなくてはならない交差点をなぜかまっすぐ進んでしまう。嫌な予感がした。世田谷区の家の近くの道路はただでさえ細い道が多く、一方通行ではないものの、対向車が来たらすれ違えないほど狭い。

その通り過ぎたタクシーは、どこかで曲がれば軌道修正できたのに、ずっと真っ直ぐ進んでマンションから遠ざかってゆく。おまけにそのタクシーが入り込んだ通りは、どんどん細くなって、行き止まりになってしまう、Uターンができない道だ。アプリ上のタクシーをしばらく見ていても、その道に入り込んでまったく動かなくなってしまった。

小児科が閉まる直前の時間に予約してたのでだんだん焦ってくる。すでに到着予定から15分が過ぎている。アプリを使ってタクシーの運転手と直接電話で話せる機能があったのですぐに連絡してみた。

「あの、かなり待ってるんですけど、まだ着きませんか?」

「いま通れない道に入ってUターンできなかったのでバックで戻ってるんです」

「アプリで見てましたが、全然違う道に入ってますよ」

「いや、ナビがちゃんと示してくれなかったんです」

「そんなことはないはずです。そもそも家とは全然違う方向に行ってますよ」

そんな会話がしばらく続き「子供の病院の予約をしていて急がないと閉まっちゃうんですよ」というと「じゃあキャンセルしてください」とやや逆ギレで返してくる。

「それはおかしいですよ。代わりのタクシーを急いで手配してくれるんですか？」と尋ねると「それはご自身でやってください。クレジットのお金もいったん引かれてしまいます」という。

ちょっと意味がわからなくて、「乗ってもないのにお金が引かれるのはおかしくないですか」というと、そういうシステムなので、会社に電話をして返金手続きをしてもらう必要があると説明された。そっちでできないのかと聞いても「ご自身で」と答えてくる。

これでは埒が明かない。「もうそちらが拾いやすいところに歩いていくので、とにかく急いでうちを目指してください」といってタクシーの動きを見ながら息子と妻と僕で外に出て少し歩いた。そして20分ほど遅れてようやくタクシーに乗ることができた。

着いたタクシー運転手に「あなた、さっきの対応おかしいですよ」と苦言を呈したら、想像を絶する答えが返ってきた——「いえ、そんなことはありません。わたし、一生懸命やりました。純粋に、誠実に、対応しました」

純粋……（あまりに驚き脳裏に焼き付いたのでこれは直接引用である）。いや、怖い。

というか意味がわからない。50代くらいの男性だった。なぜか怒り気味で自分は悪くないと主張してくる。

その意味不明な言葉にたじろいで「いや、そもそも道を間違えて全然違う方向に行ってるんで」というと「いえ、わたし、頑張りました。これ以上の努力は無理です」（これも直接引用である）ときっぱりいわれた。自信たっぷりの強い口調だった。

茫然自失とはこのことである。僕はいい返す気力を完全に失って、妻と息子で病院に向かってもらった。ナビはこちらでやるから、といい添えて。

息子と妻が帰宅してから、「あのあと、タクシー大丈夫だった？」と尋ねた。すると変な人で怖かったらしい。何があったか聞くと、タクシーの後部座席に乗るや、こう話しかけてきたという。

「ご主人、イケメンですね。あのお顔で怒られると、凄みがありますよね」

そういわれて妻は何も返事ができなかったらしい。息子も怯えていた。いろいろとコミュニケーションがズレていておかしいし、まったく響いてなくて怖い。というか、空気が読めてなさすぎて、何かいう気力をなくす。実際、こちらの怒りはことごとく封じられた。もしや、それがクレームを封じる作戦なのではないか！

ピンクとメイク

「一番好きな色は？」と聞かれたら「ピンク」と答える。純粋にかわいくて、昔からピンク色がオレンジをおさえてぶっちぎりの一位なのだが、色はジェンダーと結びつきやすいため、そう答えて不快な思いをしたことは少なくない。

保育園の送り迎えのときに子供たちから「一番好きな色は何？」と尋ねられることが何度かあったが、毎回ピンクと答え、失笑されてしまう。我が子も家庭では「性別にかかわらず、どんな色を好きっていってもいいんだよ」と日頃から伝えているのだが、なぜか「女の子じゃないんだから（笑）」という答えが返ってくる。

これだけジェンダーやセクシュアリティの理解が進んでも、家庭で子供たちにどれだけジェンダーの話をしてもなお、男らしい色、女らしい色という認識を学校や社会で植え付けられるようで「ピンク＝女の子の色」という等式をぶち壊すのは難しい。

スーパー戦隊シリーズ『暴太郎戦隊ドンブラザーズ』で固定メンバーが初の男性ピンクを演じる時代になっても、こういうステレオタイプは蔓延(はびこ)っている。

昔からメイクにも興味があった。中学生のとき、毛抜きで眉毛を抜いて、かなり細く整えていた。当時はヤンキーぶっていると勘違いされもしたが、憧れはシャ乱Qのつんく♂で、幼い頃からマッチョな強さよりも、繊細な美しさに関心があった。

高校のときにコンシーラーやファンデーションで肌が綺麗になることに感動して、わからない程度にうっすらと化粧をしていた。でも、誰にもいえなかった。気持ち悪いといわれると思ったからである。トイレでメイクをすることもあったが、人がいないときを見計らってやっていた。

ピアスも高校1年のときにあけた。指輪やブレスレット、ネックレスの類も好きだったので、よくつけていたのだが、大学の知り合いに「男で指輪とかブレスレットとかなんでつけるの。かなりキモいよ」と冗談混じりにいわれたことがある。そういう認識をもっている人が一定数いることは想像できる。

若い頃はネイルサロンにいって爪をデザインしていたし、美容室に行ってエクステもつけていた。指輪やブレスレットならまだしも、ネイルとエクステは男性だと人口が一気に減るので、いじられることも結構あった。よくビジュアル系と揶揄（からか）われた。

でも、自分を着飾ることは楽しい。モチベーションもあがる。だから何をいわれても、好きにやっていた。

女性的な服装が好きだったので、もし、いまの時代に生まれていたら、確実にバリバリのメイクをして、もっと自由に異性装をしていたと思う。いまでも社会の抑圧はあるが、僕が幼かった頃、とりわけ山口県下関市という保守王国においては、ジェンダー規範は根深かった。だから社会・文化的な性規範に抗うことは容易ではなかった。

ジェンダー表現だけではない。僕は他者が個人の自由を抑圧するのが根本的に大嫌いなので、規範による抑圧には徹底抗戦したくなる。

インナーカラーやフェイスフレーミングが流行してとてもかわいいと思ったので、金や緑や紫のラインを入れた。職場では「うわ、髪が緑になってる！」と驚かれ、息子には「紫は怖い」といわれ、娘の友達には「金髪のパパ」と呼ばれるが、一度きりの人生、好きなようにやったほうがいい。

ちなみに娘は小学生だったとき、インナーカラーを入れて髪を金色に染めていた。

K-POPファンでダンス好きの娘たち3人だけが髪の毛を金髪にしていた。僕も妻も自分の体を好きにしていいという意見で賛成していたが、中学生になると校則が厳しく、娘たちグループはみんな進学して一斉に黒染めをした。

小学生のとき、とてもイキイキしていた彼女たちは、中学になってどこかしょんぼりしているように見えた。程度の差はあれども、日本はいまだに個の自由を抑圧する社会なのだろう。社会が向かっている多様性とは、こういう日常の些細なことの自由を認めあうことなのではないだろうか。

教師がモヒカンで授業をやってもいいし、全身タトゥーが入っている警官がいてもいい。僕がアメリカに初めて旅行にいって驚いたのは、全身タトゥーを入れたイカつい警官に出会ったときだ。アメリカの大きさを感じたのは、ハリウッド映画や大自然よりも、そういった日常の些細な局面、人々の自由な生き方だった。

99というナンバー

一番好きな数字は何かと聞かれたら「99」と答えるだろう。ＳＮＳのアカウントも、ゲームのアカウントも、名前の後につける数字は、自分の誕生日などではなく、数字の「99」だ。なぜか。

１００点まで、あと1点だけ足りなくて到達できない感じが、やる気を起こさせるといえばいいだろうか。１００点であれば、もうこれ以上努力しなくてもいい感じがする。「70」では低すぎる。ギリギリ届かない、あと一歩で最高というくらいがモチベーションの持続につながるのだ。

世の中には明確に終わりがある物事も多い。自分に関連するものでいえば、たとえば大学受験がそうだった。一日10時間以上かけて毎日勉強し、志望校に合格した途端、燃え尽き症候群になった。

本の執筆でもそうだ。書き始める段階はとても楽しい。図書館に行って資料を集め、分析し、執筆する。半年とか一年とか、時間をかけて原稿を仕上げる途中のプロセスは、苦しくもあるが、目指すべきゴールが先にあり続ける。本が完成してしまうと、やはり燃え尽き症候群になって、いつもしばらく何もやる気が起きなくなってしまう。

話が飛躍するが、僕はマチュピチュに行き損ねた人間だ。

正確にいえば、マチュピチュまで99％到達していたのだが、その地に降り立つことなく引き返したのである。誰もが一度は行ってみたいと思うペルーの標高２４００メートルの断崖にある天空都市、マチュピチュ。

遠路はるばるコロンビアからペルーに渡りクスコに行く。市内からバスに乗ってオリャンタイタンボ駅に行き、そこからペルーレイルという列車に乗ってマチュピチュに向かったが、線路に落石があり、途中何度もとまっては少しずつ進んで、車窓から遺跡が見える場所までたどり着いた。

ついに憧れのマチュピチュに着いたと思いきや、やはり危険だと判断され、列車は出発した駅に引き返し始めた。ありえない。どれだけ時間とお金をかけてここまでやってきたと思っているのか。駅員から料金は払い戻すので、明日、市内の会社へ行くようにアナウンスがあった。世界中から集まった乗客はいまにも暴徒と化しそうな雰囲気。殺伐としたまま始発の駅に戻って降ろされた。

翌日はペルーからボリビアに行く飛行機を予約してある。スケジュールを変更することはできない。仕方なく僕はモーテルに戻って、不条理な出来事を思い返しながら、どこにも怒りをぶつけられずに眠りについた。けれども、思い返してみれば、これはこれでよかった。いまではそう思える。

まず予想外のアクシデントがあったおかげで、ペルーの旅の記憶にものすごく奥行きが生まれた。途中下車したり閉じ込められたりすることなく、目的地に一直線にたどり着いていたら、おそらくマチュピチュ遺跡を眺め、写真を撮って終わっていたと思う。残るのは観光ガイドの写真で見たようなイメージにすぎなかったかもしれない。

ところが、落石のせいで何度も列車はとまった。もしスムーズにたどり着いていたら、同じ車両に乗り合わせた人びとと不満をいいあったり、食糧を分け合ったりすることはなかった。停車した電車で見知らぬ子供と遊んだり、途中で長時間とまった電車を出て、物を売りに来た現地の人びとと交流したりすることもなかっただろう。

鉄道の旅は、現地の人びととのふれあいや、どこの誰だかわからない世界中の乗客と話をする機会を与えてくれた。僕はいまでも、マチュピチュまでの間の風景や現地のペルー人の表情をありありと思い出すことができる。

そしてもう一つは、マチュピチュにあと一歩届かなかったおかげで、いまもなお強烈にマチュピチュに行きたいという欲望を抱いている。ゴールしてしまえば、きっとこんな気持ちにはなっていない。最高地点までわずかに足りないこと——。それがいつの日か絶対にたどり着いてやるという強い想いを宿らせる。

ボリビアの高地で

南米を旅してもっとも印象に残っている国はボリビアだ。何がすごいって風景がとにかく凄まじい。見たこともないような幻想的で神秘的な世界に包まれ、終始圧倒されっぱなしだった。

まだウユニ塩湖が日本でブームになる前、それほど知られていない時期に行ったので、日本人はほとんどいなかったと思う。

アンデス山脈に囲まれた広大なこの塩湖は、標高約3700メートルの高さに位置し、ウユニの町でツアーの車をチャーターして向かう。列車の墓場や塩のホテルを訪れ、ついに青い空と白い雲が、湖面に映し出される水鏡、ウユニ塩湖に到着。その絶景は筆舌に尽くし難い。

同じ車に乗り合わせたイタリア人カップルのジョヴァンニとヴァレンティーナ、そして二人のフランス人女性、ステファニーとマリーヌと仲良くなった。ジョヴァンニは鼻がものすごく高い伊達男、ヴァレンティーナは端正な顔立ちのクールな大人の女性という感じで、お似合いのカップルだった。二人は新婚旅行でボリビアに来ていた。

フランスの女性たちは旅人でいつも一緒に世界中をめぐっているという。彼女たちに出会ったのは２０１１年だが、Facebookを見ると、いまでも一緒に世界をあちこち旅している。旅を、人を、世界を愛している、チャーミングで素敵な女性たちだった。

ウユニ塩湖の景色を堪能して車で移動した後、僕たちは標高３０００メートルを優に超える、おんぼろの宿泊施設で１泊させられた。まだ日が暮れていない夕方に到着し、いろいろな国から集まった人たちが話をしたり、写真を撮ったりしていた。そのなかのアメリカ人が話しかけてきた。

さっきウユニ塩湖で、みんなが冬から春くらいの厚手の格好をしているなか、上半身裸でハイレグを履いていた男たちだ。そのうち二人は両端を肩までかけてイチモツがはみ出しそうになっている。だいたいこういうことをやりたがるのはアメリカ人が多い。そういうとこだぞ、と心の中でツッコミを入れたところであった。

彼らがいうには、この高地でサッカーをやろう、そんなやつはいないからクールだろ

――まとめるとこういうことのようだ。僕にはこういったノリを受け入れてしまう悪いクセがある。２０００メートルを超えるような地域に旅行するときには高山病に細心の注意を払わなければならない、とちゃんと調べていた。にもかかわらず、やってしまった。息切れがし、吐き気をもよおして、僕はダウンしてしまった。

発熱もしたので、しばらくベッドで寝ていたが、食事の時間になる頃には少し体調が戻ってきた。イタリアとフランスの友人たちと一緒のテーブルにつく。緑色の得体の知れないスープとポテト、焼いた鶏肉がディナーだった。お世辞にもおいしいとはいえなかったが、赤ワインが提供され、電気もろくにきていない壊れかけた宿泊施設で、僕たちは世界一のお酒を酌み交わした。

日が落ちると宿泊施設は真っ暗になった。夜は早くに灯りが消えて何も見えないから気をつけて早く寝るようにいわれていた。夜、男女も分かれていない、流すこともできないトイレに用を足しに行った。僕が小便をしていたら、たまたまステファニーがやってきて便所に入った。するとドアの向こうから「ウォー！」という雄叫びが聞こえた。

どうやらトイレに入ったら、足元に流れていない大便があったらしい。彼女は飛び出してきて用を足すのを諦め、暗闇のなかに消えていった。その日は風呂もシャワーもなしだった。

翌日、僕たちは標高約4500メートル、世界一の高さにある露天風呂・ポルケス温泉に入った。これまで入ったどんな温泉よりも気持ちよかった。水着を用意していなかった僕は、着ていた服でそのまま風呂につかった。しばらくして車はチリの国境付近まで進み、ドライバーは僕たちを降ろした。

「いい旅を、アディオス！」

とうとう別れの時間だ。ジョヴァンニとヴァレンティーナに、いつまでも幸せに、きっとイタリアに遊びに行くから——そう伝えてお別れのハグをする。ステファニーとマリーヌに、またどこかで会おう、日本にも遊びに来て——頬にキスをするフランス式のハグをもらう。

それからチリに入国してアカタマ砂漠をバスでひたすら走った。やがて夜になる。標高が高く、空気はきわめて薄い。ここはほとんど雨が降らず、世界でも有数の乾燥した砂漠、そこで僕は、世界一美しい星空を見た。

あぁ、もっと旅がしたい。誰かと話したい。世界を味わいたい。

ボリビアで会ったフランスの旅人

手放す勇気

誰もが表の顔と裏の顔をもっている。とはいえ、程度は人によってかなり違う。長女は家でも学校でもあまり差はない。次女はまったく変わらないといっていいくらいだ。

ところが、小学3年の長男は裏と表の顔が著しく異なっている。まず、家では自分のことを「僕」と呼んでいるが（途中で下の名前で呼ぶようになった）、学校では「俺」と呼ぶ。同じ小学校に通う妹の密告があった。家では「パパ」「ママ」と呼ぶが、学校では「お父さん」「お母さん」と呼んでいるらしい。

あるとき息子が深刻な面持ちで相談してきたことがある。友達が家に遊びにくるのだが、パパのことをなんと呼べばいいだろう、というのだ。そんなやり取りがあり、実際に友達が遊びに来た。遊んでいる間に親子で話をすることは当然あるのだが、これまで一度も僕のことを「パパ」とも「お父さん」とも呼んでくれない。

「ねぇ」とか「あの」とか、そんな遠い存在にされてしまう。この言葉にできない寂しさを、いったいどう表現すればいいだろう。

ちなみに息子がそういう態度だから、こちらも自分を「パパはさ」などといえなくなる。いきなり普段呼んでもいないのに「お父さんはね」なんていえないし、「パパはさ」というと彼を辱めることになるに違いない。息子の友達が家にやってくると、こうしたなんともぎこちない微妙な距離感の関係に変化してしまう。

彼は家ではだらしなく甘えん坊なのだが、学校では優等生を演じているらしい。このあいだ最寄駅から自宅に帰っていると、学校帰りの息子をたまたま見つけた。友達と二人で帰りながら、家の近くのマンションの交差点で話をしていたのだ。向こうはこちらに気づいていない。僕はゆっくりと歩きながら聞き耳を立てた。

細かい内容は聞き取れないが、息子は「俺は〜だからな」といった。たしかに「俺」といっている。次に友達が何かふざけたことをいう。「お前〜だろ」とツッコミを入れる息子。家では絶対に使わない言葉を発している！

別れ際、彼は「おう、じゃあ、またな」といって手をさっとあげ、友達と別れた。衝撃的である。「俺」はまあわかるとして、「だろ？」「おう？」「またな？」……。

家でこんな言葉を使っている息子は見たことがない。僕のなかの息子は話すと「でしょ」「うん」「またね」のはずで、妹にもけっして使わない言葉遣いだ。あんなに小さくて弱々しかった息子が、強そうに威張っているではないか。これまで抱いていた息子のイメージが、崩れ去ってゆく。

ジェンダーを専門の一つにしていることもあって、男の子だからって強くなくていいんだよ、女の子だからってかわいい色を好きにならなくていいんだよ、とつねづね子供たちには伝えているが、虚勢を張って強さを身につけようとしている息子を見ていると、なんだか社会の男らしさのイメージに囚われているのではないかと不安になってくる。

でも、それはこちらが勝手に思い抱いている理想であって、彼には彼の世界がある。そしてそれは関係性や経験によって日々変化していくものだ。親が早急に介入して押し付けてはいけない。そう思っていまは気長に見守っている。

ところで、僕がいつも髪を切ってもらう美容師とよく子育ての話で盛り上がるのだが、彼女は子供のスマホをこっそり見てLINEのやり取りもすべてチェックしているし、GPS機能をつけて子供がいつどこにいるかチェックしているという。

僕は子供のスマホの暗証番号も知らないし、見たこともない。むしろ家族であっても暗証番号は知らせないで、自分で責任をもって管理しなさいといっているくらいだ。GPSをつけて居場所を把握するという発想もまったくない。なぜなら、自分が親にそうやって管理されると思うとウンザリするからだ。

そう答えると彼女は驚いていた。子供は親がスマホを見ることを嫌がっていないし、危ないこともあるかもしれないから、GPSなどで親に見守られたほうがむしろ安心なのだという。

なるほど、たしかに教育の場に長年たずさわっていると、親子の関係は昔とずいぶん変化してきたと感じる。親に介入され、管理されたほうが安心な子供は、僕が思う以上に多いのかもしれない。けれども、子供にとってそれが本当にいいことなのか、僕は懐疑的である。手放す勇気というものが、ときに親にとって必要なのだ。

息子と遊ぶ

最近テレビゲームに熱中している。80年代からフェミコンやスーパーファミコン、ゲームボーイ、プレイステーション、NINTENDO64など、ゲーム文化の熱狂のなか一通りのゲームはやってきた。

だが、18歳になった2000年頃から、映画を観ること、本を読むこと、旅をすること、音楽をやることのほうが優勢になり、ゲームで無為に時間ばかりが失われていくことが不毛に思えてきた。

けれども、子供が生まれ、ニンテンドースイッチを買って一緒に遊ぶようになると、昔のゲームの感覚とは大きく異なっていることに気づかされる。とにかく体を動かしながら家族で一緒に遊べるソフトが充実していた。

ゲームで一緒に遊ぶようになる前、たとえば我が家の休日の一コマはこんな具合だ。子供①はタブレットでYouTubeのアイドル動画、子供②もタブレットでYouTubeのゲーム実況、子供③はタブレットで動画配信サービスのアニメ、妻はスマートフォンでSNS（たぶん藤井風情報）、そんななか僕一人がリビングで読書をしている。

こうしてメディアに家族が分断された生活が見慣れた光景となっていた頃、スイッチが我が家に降臨した。スポーツやマリオパーティは、唯一家族を結びつけてくれるメディアであり、そこに希望を見た気がしたのであった。

ゲームが日常生活に入り込んでから、小学3年の息子が『フォートナイト』というオンライン・ゲームをやりたいといってきた。人気なのは「バトルロイヤル」モードで、100人の無人島に降り立ち、武器を集めながら最後の一人になるまで戦う。

最初はオンラインでやるシューティング・ゲームという認識しかなかった。けれどもチームでタッグを組んで戦うモードもあり、4人1組（スクワッド）で戦うこともできる。これに参加してというので、息子と一緒にタッグを組み、残り二人は知らない誰かと一緒に戦いに出る日々が始まった。これが奥深くて沼にハマってしまった。いまでは一緒にやらない日はほとんどない。

僕が面白く感じるこのゲームの醍醐味は、利他／利己行動の可視化だ。仲間が殺されたら危険な状況でも回復を試みる。一人の力ではなかなかチーム戦を制することはできないので、むろんチームの勝利という見返りがある、いわゆる「互恵的利他主義」だが、ときに過剰な利他行動を垣間見ることもある。

ダウンした状態で仲間が側に駆け寄り回復させることもできる。甦ったチームのメンバーに自分の武器や回復アイテムをあげたり、ストームのなか危険を顧みず救出したり、さまざまな利他行動（と利己行動）が、画面内のキャラクターの制限された動きのなかから感受されるのだ。

すべてはチームの勝利という利己的な目的ではあるのだが、想定を超えた利他行動に出くわすとき、なんともいえない気持ちになって心が温まる。見ず知らずの他者のために助けようとする行為に嬉しくなるし、こちらも恩返しをしようという気持ちになる。銃で殺しあうゲームが心和む利他的な空間と化す。

ところが、唯一無二の利己的なプレイヤーがすぐ側にいる。小学3年の我が息子だ。彼は人のために危険を冒すことは一切せず、仲間を平気で見殺しにする。仲間にいい武器を譲らず我先にと奪う。自分が取ろうとしたメダルや武器を仲間に奪われると、怒って返せと仲間を撃ちまくる（仲間にダメージは与えられないが、その意志は伝わる）。

現実世界では見せないリーダーシップを発揮することもある。たとえば、チームで一つのエリアに降り立ち、仲間が武器を集めているにもかかわらず、自分の準備が整ったら早く車に乗れとクラクションを鳴らしまくる。現実世界とは別人だ。

僕に対しては、自分が殺られたら、もっていた強い武器を取っておいて、リブート（回復して復帰すること）したら返せといってくる。アイテムの所有数は限られているので、自分の枠を彼のために使わねばならない。つまり自分がもっていた武器を捨てなければならないのだ。

息子はゲームだけはかなり自信があるようで、実際にやり込んでいるだけあってスキルも高い。僕に指示したり罵倒したりして部下のように扱ってくる。こんな暴君のようなリーダーにはついていけない、といつも思う。

いつの日か、彼も自らを犠牲にして他人を助けようという想いが湧き上がるだろうか。弱い者に強い武器を譲ろうという意志が宿るのだろうか。他者に優しくすることの喜びを感じる日が、そのうち来るだろうか。

食べること

昔からずっと食べることに関心がなかった。学校の給食の時間が近づくとお腹が痛くなる。少食で多くの量は食べられない。山盛りのご飯とカレーがすべて体の中に入ることを想像すると気持ちが悪くて仕方なかった。あの教室に漂う独特な匂いも生理的に受け付けなくて、しばしば吐き気を催していた。

別にカレーにかぎったことではないのだが、体がとりわけ小さかった僕にとって、学校の給食は許容量をはるかに超えていたのだ。しかも、僕が小学生だった頃は「給食は残してはいけない」という厳しいルールがあったから、最後までかけて、ときに昼休みに入っても、たった一人教室に残されて苦しそうに口に詰め込んでいた。

いまでは体罰になるだろうが、当時はそんな意識はない。完食するまで無理矢理に食べさせられていたので、実際に吐いたことがある。母親が電話で抗議してくれたおかげで、その後、強引に食べさせることはなくなったものの、小学校から中学校にかけての給食は地獄のような時間だった。

高校になると給食がなく、昼ご飯代をもらってパンやおにぎりなど、自分で分量を調節できたので、救われたような気持ちになった。お金を出してまで食べたいと思えるものはなかったから、節約してCDに注いでコレクションしていた。上京してからも、しばらく貧乏生活を送っていたので、必要最低限の安いものしか食べなかった。

ところが、当時、付き合っていた彼女の父親と3人でよく食事に行くようになり、この世にはこんなうまいものがあるのかと外食に連れて行ってもらうたびに思うようになった。真鶴で食べたウニやイクラ、高級焼肉屋の牛肉などなど、未知なる領域へと踏み込んでしまった感覚があった。

僕の両親はほとんど外食をしなかった。父親は食べたら残らない無形のものに金を使うのはもったいないと思っているふうだった。とはいえ、母親が作る料理はお世辞にもおいしいとはいえなかった。母親自身、料理が苦手で好きじゃないと昔からぼやいていたことを覚えている。

両親は共働きだったので、レンジでチンする唐揚げとか、手の込んでいない簡単な料理も多かった。だから、夜ご飯が楽しみだと思ったことは一度もない。ただ生きるために食べるという感じだった。

おそらく僕は上京するまで寿司を食べに行ったことがない。僕のなかの寿司はスーパーで売っている冷たくなったもの以外の何物でもなかった。回転寿司すら行ったことがなかったと思う。初めてカウンターに座り、目の前で職人が握ってくれる寿司屋に行って衝撃を受けた。いままでの寿司の概念がぶち壊されたといっていい。

といっても、そんな場所に頻繁に行けるわけではない。大学から大学院までアカデミックな世界にいた僕は、奨学金を借りながら極貧生活を経て、数年前に定職につくことができた。30代後半でようやく外食に行ったり、材料にこだわって食べたりできるようになった。僕はいま、食べることに浪費しているといっても過言ではない。

これまで注ぎ込んできたCDにかけるのをやめ、とにかくおいしいものを食べるために働いている。考えてみれば当たり前だが、成人するまで家では親が考えた料理を食べ、学校では決められた給食を食べる。主体的に食事を選ぶことはほとんどない。大人になると食べたいものを食べられるようになる。

しかしながら、これも子供が小学生くらいになると親とは別の食事ではなく、一緒のものになる。というか、別々に作るのは面倒くさい。だから子供が食べたいものを中心に考えないといけない。

僕も妻も辛いものが大好きだが、韓国料理やタイ料理は難しくなり、中華料理は油っこくて子供には少しヘビー、フレンチなどは、まだ味がわからない。ここ数年は子供が好む唐揚げやハンバーグ、オムライス、ラーメンなど、かぎられたレシピばかり作っている気がする。

人生において自分が心から食べたいものを食べられる時期というのは、一人で暮らさないかぎり、意外に短いのかもしれない。

学生たちの襲来

大学で学生と接していると、想定していなかったようなことが毎年起こる。もちろん、学生の研究が面白く発展していき、かけがえのない研究・教育の営みの素晴らしさを味わうことも多い。けれども、教員として、びっくりするような出来事も勃発する。

ソーシャルメディアの時代になって、教員と学生の関係は激変した。便利なのでメールでのやり取りからSNSに移行している教員も少なくないだろう。そもそも普段から学生は友人とのやり取りでLINEやインスタグラムなどを頻繁に使っている。こうしたメディア環境に身を置いているのだから、コミュニケーションのあり方も影響を受けるのは想像に難くない。

メールの書き方のマナーも崩壊しつつある。宛名がなく用件だけのメールが増えたのもここ10年くらいのことだと思う。最近は件名もなく、自分が誰なのか名乗ることもない、レポート課題の添付ファイルがあるだけのメールも増えた。どこの大学のどの授業を受けているのか、学年や所属、名前を書いてくれないと、複数の大学で授業をもっているので誰だかわからない。

いまの大学生はスマホやタブレットには慣れているが、パソコンをちゃんと使いこなせない人が多いのか、メール自体使ったことがなく送れないという人もいた。添付はどうやったらいいのですか、と聞かれたこともある。

クラウドに保存したファイルを「共有」するだけの学生も増えていて、メッセージもなく、ただ共有リンクがこちらに送られてくるケースもある。場合によっては、ひらいてどこの大学のどの授業の何の課題かをいちいちチェックしなくてはならない。一つの講義に数百人いるレポートを確認しなければならないことは想像できないらしい。

メディア論の父、マーシャル・マクルーハンは「メディアはメッセージである」という有名な箴言を残した。僕たちはメディアが発する「内容」にとらわれてしまうが、メディアの「形式」にこそ目を向けるべきだという主張だ。現代のメディア化された教育現場に身を置きつつ、そのことの重要性を日々痛感する。

メッセージの内容もまたＳＮＳで友達に送るようなものが増えた。たとえば、学生から

「先生、言説分析ってなんですか？」「方法論ってなんですか？」という連絡が気軽に届く。そんなの先生だから当たり前だろう、教えてあげるのが教員の役目だ、と思われるかもしれない。高校まで、あるいは学習塾ならそれでもいいかもしれない。

大学は学生が主体的に学びを追求する場所である。教員に質問すること自体は構わないのだが、自分で本を読んだり調べたりせずにすぐに聞く人が多くなったと実感する。これも時代の趨勢、タイパ的な意識が働いているのかもしれないが、学問の知を身につけるのに時間をかけることを惜しんではいけない。

ここが児童や生徒と学生の重要な違いだと思う。学生ならば、まず自分で調べて理解する努力をすること。楽しようとしては本当の知性や学力は身につかない。

大学で教えるようになって、こうしたメールのマナーは授業で話すようにしていたが、最近の時代の趨勢は、われわれ教員にはかなり劣勢である。大学のサービス業化がどんどん進行しているからだ。

学費を払っているのはこちらなのに教員の都合で休講にするのはいかがなものか、と授業評価アンケートに書かれたことがある。最近やけに増えてきたなと思うのは、レポートの採点結果に対するクレームだ。なぜ自分がこの点数なのか納得できない、細かい配分や採点の基準を明示するとともに、自分が納得できるよう説明を求めるというのである。

一つの授業で200名近く教えていて、他大学を含めるとかなりの人数のレポートを読む。「いま何回出席しているか教えてください」という連絡も多く、これもかなり骨が折れる作業だが（自分でカウントしてほしい！）、レポートの採点（勤務先では素点でつける）を個別に説明するのは一定数を超えると、不可能だといわざるを得ない。

最近、履修登録している学生から、先生の授業に関するアナウンスに不備があったと認識しているので、欠席してしまった回を出席あつかいにし、参加度を満点にすることを履修条件とします、という脅迫めいたメールが来て愕然とした。知人の大学教員は、あと1回欠席すると単位が危ないと忠告すると、この前、先生が休講したように自分にも都合があるから、と返してきたらしい。

あたしのからだ

家の近くを歩いていると、突然知らないおじさんが通りすがりに頭をなでてきた。その人は女の人と二人で道を歩いてきて、すれ違うときに、あたしの頭にさわって、よしよしと3回くらいなでまわして去っていった。

いきなりのことでびっくりして立ち止まり、パパのほうを振り返った。お姉ちゃんも「え……」と驚いた様子で、その場に突っ立っている。後ろを歩いていたパパとお兄ちゃんはすぐに駆けてきて「大丈夫だった?」と聞いた。あたしは何が起きたのかわからず、呆然として何も言葉がでなかった。

「あたし」というのは、僕の6歳の娘である。小学校にあがる直前だった。彼女はなぜか3歳くらいから自分のことを「あたし」と呼ぶ。その日は子供3人と妻の誕生日プレゼントを探した帰り道だった。あまりに突然のことで僕も一瞬、どうすればいいかわからなかった。

距離は少しあったが、何が起こったのかは後ろから見ていた。娘は姉とスキップして家に向かっていた。そしてたしかに男はすれ違いざまに娘の頭をなでたのだ。軽く触れるとかではなく、いい子いい子する感じで。

僕が娘のもとへ走っていくと、ちょっと不安げで嫌そうな顔をして立ち尽くしていた。知らないおじさんからいきなり頭をなでられてびっくりしたのだろう。僕はわずかな時間逡巡したが、すぐに走って戻っていき、その男に声をかけた。

「ちょっと、なんでいま突然子供の頭なでたんですか？」

男が振り返る。30代後半くらいだろうか。少し顔が赤くなっていたので二人で飲んだ帰りだったらしい。おそらくだが、変質的な感じではなく、お酒を飲んだ勢いで上機嫌になって通りすがりの女の子をなでたのだろう。突然の質問に対して男は平然と返した。

「は？　かわいかったから」

「いや、かわいかったからじゃないでしょ。娘の知り合い？　保育園の人とか？」

僕はそう尋ねた。隣にいた女性は何が起こっているのかわからない様子で戸惑っていた。

すれ違いざまにこの人が娘の頭をなでたんだ、と僕は説明した。彼女は「え……」とドン引きした表情で、その男のことを見ていた。「いやいや、大丈夫、大丈夫」と男は彼女に向かっていう。

「いや、大丈夫じゃないって。知らないおじさんからいきなりさわられて怖いでしょ。実際びっくりして怖がってるじゃん」

「わりぃ、わりぃ」

面倒くさそうに男はそういうので「わりぃじゃないだろ」と僕は怒った。

「だから、ただ頭なでただけじゃん」と男はいって、何かいいたげな彼女の手を強引に引っ張って逃げるように去っていった。

6歳の娘は、家に連れて帰ってもショックだったらしく、しばらく母親にしがみついて泣いていた。8歳の息子は怒っていた。次に会ったらぶん殴ってやると拳を突き出して息巻いていた。12歳の娘も「本当気持ち悪い！」「マジでありえない！」と憤慨していた。妻は悲しそうな顔で娘をずっと抱きしめていた。

このことを娘はすぐに忘れるだろうか。それともいつまでも嫌な記憶として残り続けるだろうか。翌日、同じ場所を歩いているとき、「昨日、ここで……」と悲しそうに話していたから、しばらくは覚えているだろう。娘はなかなか泣き止まなかった。しばらく家族全員で娘のケアをしていた。

僕も悩んだ。ああいうふうに声をかけるべきだったのか。怒ったのは正しいことだったのか。その行為を好意と受け止めたら別の意味づけになっただろう。男はかわいらしい小さな女の子をついなでただけだ、と。胸やお尻ではなく、頭をなでるくらい大したことではない、と。まだ子供なんだから、と。でも、ふと思った。

「あたし」のからだは娘のものであり、僕のからだではない。だから胸だろうと尻だろうと頭だろうと口だろうと、娘が嫌だと思ったらダメなのだ。そう思うとやはり怒りは正しかったのだと、嫌なことは嫌だと伝えないとと思った。大人の論理で考えてはいけない。子供も意志をもった人間なのだ。

あの二人は、あの後どんなことを話しただろう。少なくともあの男は、いま娘がこんな状態になっているとは思いもしていないだろう。あの女性は怒ってくれただろうか。男の振る舞いをたしなめてくれただろうか。それともそんなことはすっかり忘れて「もう一軒いく？」とか「映画でも観て帰ろうか」などと話しているだろうか。

大学教員の生活

大学の教員がどのように生活しているのかは、あまり知られていない。大学で教えている人間は、基本的に研究者であり、裁量労働制で勤務している教員が多いと思う。これは実際の労働時間にかかわらず、あらかじめ定められた時間を働いたものと見なして賃金が支払われる制度だ。

デメリットとしてはオン／オフの切り替えがないので、仕事がたまれば土日も働いてしまったり、長時間労働が慢性化してしまったりする。けれども、僕のように小さい子供を育てていて、共働きの家庭にはメリットも多々ある。まず授業以外は自宅で仕事が進められるため、家事や育児にかなりの時間を割くことができる。

僕の家では妻が子供よりも早く7時過ぎには仕事に出かけるので、朝は3人の子供を8時頃には起こしてご飯を食べさせ、保育園に送る役目を12年間やってきた。朝はバタバタで大変だが、全員を送り出してからコーヒーを淹れ、ほっと一息ついて仕事に取り掛かる瞬間が、なんともいえない至福の時間だ。

授業があるときは大学で講義をし、子供が帰宅する前に家に戻り、洗濯物を畳んだり、習い事に連れて行ったり、買い出しに行って夜ご飯を作ったりと大半のことはできる。授業がない日はもっと家事に時間を使える。

何より幸福なのは、子供と過ごす時間が圧倒的に多い点だ。この仕事に就いて本当によかったと思うのは、保育園の送り迎えを通じて、日々成長する子供とのかけがえのない時間が与えられたことだ。

日中に5〜6時間ほど仕事して子供たちが寝静まったら深夜に3時間以上は仕事をするのが日常だ。そのため昔から書斎に一人で寝るようにしていたのだが、一番下の娘はなぜか1歳から母と寝るのをやめ、僕の書斎兼寝室で眠るようになった。小学1年生になったいまでも、どうしてか僕の書斎の小さなシングルベッドで彼女は寝ている。子供が3人いるから、一人のほうが快適なのかもしれない。

子供たちは父の仕事をどうも理解していないらしく、家でいつも映画やアニメを観ている人という印象があり、いつも「遊んでていいなぁ」といわれてしまう。こちらは原稿のために部屋でアニメを観ているのに！

小学生の息子は部屋に入ってくるなり「パパ、ゲームしようよ」と気軽に声をかけてくる。「いや、仕事中だから」といっても「だって動画観て暇じゃん」と返す始末だ。バーチャルYouTuberの研究をしていた頃は、日々PCで動画を漁っていて「パパ、何観てるの……」と冷笑気味にいわれもした。とにかく、いまでも下の子供たちは僕がいつも家にいて仕事をせずに遊んでいる人間だと思っているらしい。

仕事のためだと主張しても、学校や保育園に送り出してから必死に原稿をやっている姿は見ていないのだし、子供が寝てから睡眠を削りながら研究をしている姿も知らないのだから仕方がない。子供がいない時間に集中できる仕事をすることが多いから、いつも子供の世話か家事か、動画を観ている人という印象しかないのだろう。

ところで、専業主婦の家事や子育てが労働と見なされない問題がある。世の中の男性のなかで幸運にも家事・子育てにかける時間が与えられている身としてはかなり腹が立つ。外で仕事をしたほうが、どれだけ楽だろうと思ったことか――。

保育園の送り迎えをやっていたとき、同じ保育園のお母さんや園の先生から「イクメンで素敵ですね」とか「パパ、頑張ってるね。偉いね！」とか、そういった言葉を頻繁にかけられた。ママは「当たり前」でパパは頑張ってる……？

「ママ、頑張ってるね」と子供の母親がいわれているのを聞いたことがない。子供の送り迎え、風呂掃除、洗濯（主に畳む方）や部屋の掃除などをやって、自分は家事・子育てをやっているのだと自負する男性は多い。だが、料理の献立を考え、食材を購入して料理したり、不足している生活用品を購入して補充したりすることまで含めて分担しないと、本当に分担したことにはならない。

こんなことをいっている僕だが、大学に勤めていなければ、間違いなくこれほどはできなかっただろう。日本社会がいまもなお抱えているジェンダー役割の負荷の問題は、まだまだ課題が多いと日々実感する。

首タオル

日本社会には「首タオル」という恐ろしい慣習がある。いや、海外にもあるかもしれないが、日本でしか経験したことがないから、そういうしかない。

僕はおそらく人よりも歯医者に通っている回数が多い。幼い頃、共働きの家庭で育ち、両親がいないのをいいことに、祖母が甘い食べ物をあげまくっていたらしい。おかげで小さい頃から虫歯がたくさんあり、何度も歯医者に行く羽目になった。

この前、母に唐突に母子手帳を手渡された。めくってみると保護者の記録が書かれていて、満3歳のページには「前歯が虫歯なので心配である」、4歳のページには「歯が非常に悪く、歯医者につれていく」と虫歯のことばかり書かれている。

昔の歯科医はいまのように優しくない。だから子供にとって歯医者はとてつもなく恐ろしい場所だった。年長くらいから定期的に行って虫歯の治療に通い始めたのだが、その先生がとにかく怖い。いまの若い人たちは知らないだろうが、昔の歯医者は注射も痛いし、削るのも痛いし、歯科医は怖い人が多かった。

もちろん、優しい人もたくさんいただろうが、いまほど全体的に話し方も丁寧ではないし、穏やかではなかった。「インフォームドコンセント」などという概念もないので、何をされるのかまったくわからないまま視界を塞がれ、治療が始まる。

僕が通っていた門司の歯科医は痛かったら手をあげて教えるようにというくせに「痛い」というと「そのくらい我慢しろ！」とキレ気味で怒ってくるし、痛くて泣くと「泣くな、男だろ！」と怒鳴る先生だった。

まあ、それはいいとして（ドクハラなのでまったくよくないのだが）、僕が歯医者が苦手なのは痛いことよりも、実は別の理由があった。そう、首に置かれるタオル、いわゆる「首タオル」である。

あのタオルが嫌で嫌でたまらなかった。正確にいうと目の上に置いたタオルの端を首もとにのせる、あれだ。昔からくすぐったがりで、首まわりに何か触れるともう我慢できない。医師という存在は絶対に服従しなければならない偉い人だったので、こちらから意見などできない雰囲気があった。

だから治療中も痛いよりも、首がくすぐったいというのが勝って、とにかくこの耐え難い時間が早く終わってほしいと願いながら足や手をつねって気を逸らしながら治療を受けていたのであった。首のこそばゆさを、体をつねった痛さでカバーしなければならない人の気持ちを考えてほしい。

そのタオルの首置きのことを「首タオル」と呼んだ。その苦痛は、大人になってもまったく変わらなかった。引っ越し人生だったので、数えきれないくらいの歯医者には行ったが、技術は進歩しても、ほとんどすべての場所で「首タオル」は実践されていた。外国ではどうしているのだろう。

たしかに時代とともに徐々に麻酔したり削ったりすることの痛みはなくなっていったが、こそばゆい苦痛に耐えなければならない歯医者は、時が経っても変わることがなかった。なぜ、タオルの端をわざわざ首に置かねばならないのか、釈然としなかった。

20歳を超えてあるとき歯科医に「首がどうしてもくすぐったいのですが……」と相談してみた。すると「わかりました」とすんなり何もかけずにやってくれた。なんだ、最初からいえばよかった。それからというもの、歯医者を変えるたびに、行く先々で「首タオル」はなしでお願いします、と事前に伝えるようにした。

だが、二つの問題が浮上した。一つは先生によって治療のときに首周辺や顎のあたりに手がどうしても触れることがある。これはタオル以上に我慢ができず、瞬殺で「クックックク……」と笑ってしまう。

もう一つは情報の伝達がやや恥ずかしいという点だ。歯科医、歯科助手、歯科衛生士と担当が変わるたびにこんな会話が聞こえてくる。

「この方、首がダメなんで、タオルをかけないでください」

「え、どういうことですか」

「首がくすぐったいらしくて。手も置かないで」

「……あ、わかりました」

というような、会話だ。この前の女性の歯科医などは、助手に話をするとき、絶対少し含みのある顔でニヤッとして伝えていた。聞いた助手もちょっとクスッと笑って答えていた。このなんともいえない恥ずかしさを、どう表現したらいいだろう。

レンタルビデオ屋

数多い僕の専門領域を一つに絞れといわれたら、「映像文化論」と答えると思う。映画が生み出す文化に強烈な関心を抱いて育ってきたからだ。けれども、いつの間にか映画をレンタルすることがすっかりなくなってしまった。そもそも、動画配信サービスの時代になったいま、映画を店で借りる人は激減し、近所にあったレンタルショップは次々に潰れてしまった。

DVDをレンタルするにしても、インターネットで頼めば手軽に届けてくれる。僕が幼かった80年代はDVDすらなく、VHSをレンタルしてビデオデッキで映画を観ていた。洋画好きの父親が、家では日常的にレンタルビデオ屋で借りた映画を流していた。映画がいつも身近にあった。

当時、下関にはスカラ座と東宝劇場が並置されていたが、映画館で観るには家から1時間に1本しか来ないバスに乗り、1時間かけて下関駅まで繰り出さなければならなかった。電車だともっと早いが、最寄駅まで自宅から徒歩30分以上かかってしまう。

そういうわけで、僕の幼い頃の映画経験といえば、圧倒的に映画館よりも自宅でのVHSだった。レンタルビデオ屋は当時たくさんあった。親に頼んで車でよく連れて行ってもらい、何本も一気に借りた。小学生のときはジャッキー・チェンやブルース・リーなどのカンフー映画にハマった。観終わったら彼らになりきって家中を飛び回っていたことをよく覚えている。

何しろ小学生になりたての6歳児だった頃、『幽☆遊☆白書』の浦飯幽助の必殺技である霊丸（指先に霊気を凝縮し、弾として解き放つ必殺技）が本当に撃てると思って、50分ほどの通学中に指先に力を溜め続けて腱鞘炎になった子供だ。フィクションの世界の別人になるのがとにかく好きだった。

中学・高校にあがってからのハリウッド映画の憧れのスターはジョニー・デップとレオナルド・ディカプリオだった。高校の卒業式の日に床屋に急いで髪を金髪に染めた。映画のなかの別の人の人生を生きるのを想像するのが好きだった。

この金髪の源流はかつての人気漫画『特攻の拓』のキレたら手が付けられないマー坊で

あり、同時代的にはテレビドラマ『池袋ウエストゲートパーク』の窪塚洋介演じるキングである。真っ白のズボンにタンクトップを着て、新百合ヶ丘の駅を風を切って歩いていたら、本物のギャングに道端で絡まれたことがある。

「おいおい、お前、ＳＳＧ？」

「え、なんすかいきなり」

「こっちが聞いてんだよ」

「エスエス？　なんですか？」

「だから、ＳＳＧかっつってんだよ！」

「いや、だからＳＳＧっていったいなんなんですか？」

「ＳＳＧは新百合ストリートギャングだろうがよ！」

正直、心のなかでダサっと思ったが、そんなことをいったら殺される。いや、僕はそこにある日本映画学校に通っていて、これはコスプレのようなもので、まったくギャングなどではありません、とその場をしのいだ。

話を戻すと、僕が映画の作品のなかでもスターを研究しているのは幼少期から魅了された俳優の存在が大きかったからだ。映画をメディア論として考えているのも、ＶＨＳという物質的なモノに触れて映画を観てきたからにほかならない。

もうレンタルビデオ屋に立ち寄り、シネフィルの店員と話してマニアックな映画をオススメされることもなくなってしまった。女性の店員に日活ロマンポルノを手渡して借りる後ろめたさも、馬鹿馬鹿しいB級映画を借りる気恥ずかしさも、社会から失われてしまった。映画はマテリアルなものではなく、無形の通信になり、他者が介在することは、もうない。

テレビドラマの食卓

我が家では毎日、夜の食事の時間に家族でテレビドラマを最低1話は観る。アニメだったり、短めの映画だったりすることもあるが、9割以上はドラマで、何も観ない日はない。ほぼ毎日、子供たちとフィクションに触れて、そのドラマについて話す。

僕が育った家庭では、ご飯中はニュースと決まっていた。バラエティ番組をつけると父に馬鹿になるといわれ、チャンネルを変えられる。母はくだらないお笑い番組が好きだったが、父がうるさいのでみんなが寝静まってから夜に一人でテレビを観ていた。

映画は高尚なものと位置づけられているふうで、よく映画祭で賞をとるような社会派の映画がリビングで流れていた。家のテレビでつけてよいとされているのはもっぱらニュースと映画であり、ドラマやお笑いは一貫して低俗なものとして扱われていた。だから高校になってテレビが自室にくるまで、家でテレビドラマはほとんど観ていない。

他にも小説はいいが漫画は馬鹿になる、囲碁や将棋はいいがテレビゲームは時間の無駄、芸術映画はいいがアニメは子供の低級なもの（ジブリだけは別格だった）、そういった序列が明確にあって、父にとってサブカルチャー全般が不要なものだった。

だからというわけではないだろうが、僕にはどうも低俗なものを擁護したくなる性質がある。娯楽映画として大衆に消費される作品を通して文化や社会を考えたり、バーチャルYouTuberを研究して論文を書いたりしてきたのは、こうした環境によるものも大きかったのではないか。

食育を考えると、食事中のテレビには反対する人も多いだろう。実際、妻とも何度か揉めたことがある。しかしながら僕にとって、家族でテレビドラマを観ることの楽しさは、みんなが黙って作品を味わうということではない。子供らが学校で話題についていけるということでもない（そもそも同じテレビドラマについて語りあえた「大きな物語」の時代は終わってしまった）。

僕は映画を映画館で観るときも、自室で配信やＤＶＤを観るときも、一人で観ることが圧倒的に多い。むしろ他人と一緒に観たくない。その一方、テレビドラマはリビングで誰かと観るのが好きだ。レコーダーに各局のドラマを録りためているが、自室で一人で観ることはめったにない。

映画館と違って、リビングでドラマを観ることの楽しさの一つは、周囲を気にせずしゃべりまくれることだ。いまはリアルタイムで視聴することはほとんどなくなり、録りためてその日の気分にあわせて流す。だから一時停止も巻き戻しも、好きにやる。

「いまの演技、めちゃくちゃうまくなかった？」といってもう一度巻き戻してその表現を味わったり、「この人の表情、むちゃくちゃウケる（笑）」といって10秒戻しを連続で繰り返して爆笑したり、そこから話が脱線して、その人が出ていた他のドラマの話になって盛り上がったりする。

多いのが脇役で出演している役者に関して「あ、この人この前のドラマにも出てたよね、何だっけ」という類のクイズ。すかさずちょっと待ってと一時停止するや、「ほら、あの悪い弁護士のドラマで若い検事の役やってたじゃん」と誰かがいう。ここでスマホを持ち出して検索してはダメだ。記憶を頼りに他のドラマのディテールを共有して正解にたどり着いてゆく。

他にも「この女の子は誰？」「この人は女の子3人で宝くじが当たるドラマに出てた人だよね」「違うでしょ、男の子と女の子が4人で家に集まって藤井風が最後に出てくるドラマでしょ」「待って、今田美桜とめるる一緒にしないで（笑）」「そういえば『キングダム』のトーンタンタンの人、この前、そこのスーパーで見たよ」「ええ、マジで⁉」といった話で盛り上がる。

最近のドラマでは、クドカンの『不適切にもほどがある！』が昭和の時代に関して親も子供も議論沸騰だった。ドラマを観て楽しんでいるのか、ドラマを介して家族との話を楽しんでいるのか、わからなくなる。でも、日々のドラマのおかげで、うちの小学生たちは「情状酌量」や「執行猶予」という難しい言葉を知っている。テレビ離れが叫ばれて久しいが、テレビも捨てたものではない。

タバコアレルギー

タバコを吸ってそう、と昔からよくいわれたが、僕はタバコを吸ったことがない。むしろタバコ嫌い、嫌煙家だ。神経質なので服や髪に臭いが付着するのが我慢できない。食べ物も不味くなる。だが、それ以上に無理な理由は、幼い頃からタバコの煙に体がアレルギー反応を起こすからである。

化学物質過敏症というらしい。少しの煙でも体に入ると息苦しくなり、すぐに鼻が詰まってしまう。目は拒絶反応を起こして涙が流れ、瞬きがやたら多くなる。しばらく浴びていると目の白い部分が文字通り真っ赤になる。焚き火の煙でも同じような反応をするので、煙全般がダメなのだろう。

電車などで隣に座った人の服や髪に付着したタバコ臭でも息苦しくなるから、受動喫煙防止対策が社会全体でとられるようになっても公共空間で苦しくなることがある。僕が小さい頃には、バスや電車などで自由にタバコを吸ってよかった。地方と都会で差はあろうが、バスには座席に灰皿がついていて、好きにスパスパと吸えた。僕は近くの人が吸い始めたら遠くに移動していた。

街でもレストランでも、僕の苦しさなどまったく配慮されることなく、大人は平気で煙を吐き出し、社会はタバコの煙で満ち溢れていた。それが当たり前の社会だった。

父はヘビースモーカーで、よく家にやってくる大人たちもリビングで当然のように煙を充満させた。僕は子供ながらに絶対におかしいと思った。煙が漂ってきたら息をとめて別の場所に移動した。

道端で歩きタバコの煙が流れてきたら歩くのをやめたり、走って追い抜かしたり、つらくならないように努力をした。学校の職員室は煙でモクモクだったし、バイト先の控え室も大抵タバコの煙に満ちていた。法制度によって少なくはなったが、現在でも道端で平気で吸っている人がいる。出くわすたびに迂回して歩くようにしている。

なぜこれほど吸わないほうの人間が頑張って避けなければならないのか。家でも外でも、どうして不快な思いをし続けなければならないのだろう。理不尽に思って、よくいろんなところで喧嘩をした。平気で顔に吹きかけてくるバンドのメンバーと、バイト先の同僚と、通りすがりの喫煙者と、何度も揉めたことがある。

店でもよく喧嘩をした。受動喫煙の問題が少し認知され、分煙の店は増えたが、敷居も壁もなく、ただ席を分けているだけの店がほとんどだった。1メートル先が喫煙席という店も少なくない。離れていても空間がつながっていると喫煙席と変わらず煙は流れてくる。禁煙席があると思って入ったこちらとしては耐えられない。

何度つらくなって一度入った店から出たことか。何度近くの人がタバコを吸い始めませんようにと祈ったことか。中途半端に分煙として席を区分してもなにも解決しない。でも、伝えないと理解してもらえない。ゼロ年代は戦いの日々だった。

「ここ禁煙席ですけど、隣が喫煙してるから煙がつらいんですけど」

「いや、ここからこっちは禁煙席ですよ」

「そうじゃなくて、実際に煙が漂ってくるんで禁煙席の意味がないんです」

「私にいわれても、店が決めてるんで」

「それじゃあ、こういう声があったと必ず伝えておいてください」

そういって注文を諦めて店を出る日々。よく顔を覚えられた。また面倒くさい奴が来たと何度思われたことだろう。

幾度となく店でこういうやり取りを繰り返し、ほとんど改善はされなかったが、なかにはちゃんと仕切りを作って煙がもう流れないようにしました、という店もあった。嬉しかった。あのときの店員の嬉しそうな顔が忘れられない。

それからしばらく時間が経って社会は一変した。ある意味、僕にとっては暮らしやすい空間が増えたと思う。けれども、喫煙できる店がかぎりなく少なくなり、喫煙者が社会から「悪」のレッテルを貼られ、排除されるようになった。

僕が望んでいたのは、こういう社会ではなかった。愛煙家も嫌煙家も、排除されることのない空間、どちらも苦しまずに生きていける社会、息苦しくない環境。そういう未来が訪れる日を、僕は待ち望んでいる。

人の温もり

もう15年も前のことになる。大学の交換留学の制度を使って、アメリカのカリフォルニア州にあるデービスという小さな大学町に1年間ほど住んだ。

サクラメントの近くにあって都市から隔離されたデービスは、大学で成り立っているような町で、遊べるところはあまりない。映画館もあるし、レストランも素敵なカフェもある。だが、現地の大学生たちは、週末になると集まってパーティばかりしていた。

アメリカでは普通のことらしく、平日は授業の課題に追われて必死に勉強する。僕も通い始めて日本の大学とは比べものにならない課題の量に圧倒された。けれども、アメリカの大学生は休みになると思いっきり遊ぶ。すぐに現地のアメリカ人と仲良くなって、毎週のようにパーティに誘われるようになった。親元を離れて大学の近くに住んでいる人がほとんどなので、学生同士で集まることがとても多いようだ。

僕はアメリカ留学を通じて、パーティ文化にはどうも馴染めなかった。誰かの家でパーティを開くと決めたらFacebookやSkypeで次々に情報が拡散され、誘われた人がさらに友達を連れてくる。向こうの部屋はとても広いので、多いときに40人くらい集まっても余裕で入った。

みんなとにかく家に集まって酒を飲みながら話しまくる。英語でコミュニケーションをするのが苦痛だったわけではない。知っている人よりも知らない人がたくさんいる。入れ替わり立ち替わり、新たにやってきては輪が広がっていく。別れ際にいろんな人とハグをする。

表向きはいろいろな人と話してはいるが、見知らぬ人との会話はやけに疲れてしまう。心では退屈で疎外感を抱いていた。次々に人びとが自分の横を挨拶して通り過ぎていく感じだ。せっかく少し話したのに、すぐに次の人がやってくる。浅く広く知り合いは増えるが、深く関われない。そんなもどかしい感覚があった。

もちろん、こうした出会いの場は深く関わっていくための第一歩でもあるのだろうが、教室の隅で一人空想に耽ったり、創作活動をしたり、あるいは読書をしたりするのが至福の人間にとって、アメリカ的な社交の空間は心身ともに疲弊する場所であった。

次第に授業やパーティを通じて数人のアメリカ人と仲良くなった。カリフォルニアはアジア系が多い州で、ベトナム系アメリカ人のデイヴィッド、中国系アメリカ人のコートニー、韓国系アメリカ人のユミの4人で、よく映画を観たり週末に出かけたり、かなりの時間を一緒に過ごした。

ともに過ごす時間が長くなるにつれ、別れるとき、会ったとき、ハグをする機会は増えていった。屈託のない笑顔を絶やさず、いつも他人想いのデイヴィッド、感情豊かで気が強いコートニー、人見知りで優柔不断なユミ。僕は他人と直接触れ合うことが嫌いな人間だとばかり思い込んでいたが、次第に友愛を確認しあう儀式のようで、それなしだと寂しい心地にさえなってしまう。友情を身体で確かめるハグがいいものだと思えたのも、彼ら彼女らのおかげである。

あの身体的距離の近さは、一度経験するとクセになってしまう。日本で暮らしていると日常生活において、他人の身体に触れることはほとんどない。アメリカでは気軽にハグをして背中をポンポンと叩く。軽いパターン、深いパターン、熱いパターンとヴァリエーションも豊富で、寂しいとき、人の温もりを感じることができる。久しぶりに日本に帰国して他人との距離が異様に遠く感じたものだ。

日本に帰ってすぐ、ユミがうちに寝泊まりしながら観光した。理由は忘れてしまったが、妹のような彼女と高円寺で大喧嘩した。それから疎遠になってしまったが、彼女たちはいま、どうしているだろう。デイヴィッドは医者になり、コートニーは役者をやっていたと聞く。ユミはしばらく日本のどこかで英語の教師をやっていたらしい。彼女たちにとって、僕は1年おきにやってくる留学生の一人でしかない。けれども、僕にとっては忘れることのない経験を与えてくれた大事な人たちだ。でも、だからこそかもしれないが、こちらから連絡はしていないし、これからもすることはないだろう。

留学を終えてほどなく、最初の子供が生まれた。小さい子は抱っこしたり、おんぶしたり、とにかく触れ合うのが好きだ。子育てとは人の温もりに触れることだといってもいいかもしれない。子供と関わっていると、他者の身体に触れることが多い。

小さい子はすぐにハグをしてくる。その小さな体はとても温かい。僕は子供とハグをすると、時々アメリカでの日々を思い出す。デイヴィッドのこと、コートニーのこと、ユミのこと——。たまに、無性に人恋しくなったとき、寂しさに押しつぶされそうになったとき、悲しみの涙が零れるとき、子供を抱きしめると救われる。抱きしめるようにして、実は僕のほうが抱きしめてもらっている。

旅先の少女たち

ある日、部屋からまったく出られなくなったことがある。

これといった原因があるわけではない。ただ、外の世界にどうやって立ち向かえばいいか、わからなくなったのである。毎日、アルバイトをして、ご飯を食べ、本を読み、映画を観て、あるいは音楽を聴いて、眠くなったら寝る。

やりたいこと、なりたいもの、夢と希望があったはずだった。それに向かって毎日生活しているつもりだった。だが、あるときから、出口の見えない真っ暗なトンネルの中に入り込み、出口がわからなくなったかのような日々に変わってしまった。いくつかの要因がおそらくあって、思い当たる節はある。その一つは異国での経験だと思う。

カンボジアに旅に行ってから、僕はこれまでの自分ではいられなくなった。アンコールワットの遺跡に入ったところで、鮮やかな緑色の服を着て、大きな葉っぱをもった少女が微笑みかけてきた。８歳くらいだろうか、あまりのかわいらしさに僕はシャッターを切った。すると少女はスッと手を差し出す。写真の対価を払えという意味だと察した。

思いがけない出来事に驚きながら、ポケットにあった数ドルを手渡した。彼女は満面の笑みを返し、お金を受け取ると、隅にいた母親のもとへと駆けていった。その母は足が悪くて動けないようだった。少女は本来なら小学校に行って勉強しているはずだが、家を支えるために働いていた。

シアヌークビルというリゾートで、ビーチチェアに寝そべってカクテルを飲んでいたときのこと。高校生か、もう少し上くらいの女の子が話しかけてきた。観光客が放り投げた海辺のゴミ拾いをして、彼女も働いていた。昼間だったから、きっと学校には行っていないのだろう。僕たちは片言の英語で、お互いの国のこと、バイトのこと、食べ物のことなど他愛のない話をした。

そしてお互いの夢の話になった。高校を卒業してバイトをしながら音楽活動や映像の仕事をし、モラトリアムを謳歌していた僕には、やりたいことが数えきれないほどあったし、なりたいものもたくさんあった。僕はそのとき、なんと答えたのだろう。まったく覚えていないが、彼女が発したことだけは、はっきりと記憶している。

「わたし、実は歌手になりたいの」

「それはいいね、頑張って。応援してるよ」

「でも、無理。私はあなたみたいに日本人じゃないから」

「え、どういうこと?」

「あなたは日本人で裕福だから夢を目指せるけど、私はカンボジア人で貧しいから……」

僕はそのとき、アルバイトをしながら、三軒茶屋から徒歩10分のところにある、風呂無し共同トイレのボロボロのアパートに住んでいた。生きていくのに必死で「貧乏」だったが、たしかに当たり前のように夢や目標をもっていた。それすらできない若い人が目の前にいる。

一方、僕が寝泊まりしていたゲストハウスのオーナーの息子は、高校に通って「裕福」な暮らしをしていた。どうしようもない現実を突きつけられ、僕は言葉を失った。何も返す言葉が見つからなかった。


日本に帰国してしばらくすると、部屋にゴキブリが大量発生し、僕はそのアパートに住むのが耐えられなくなって引っ越した。そして付き合ったばかりの彼女が住んでいた高級マンションに転がり込んだ。数ヶ月で別れて再び一人暮らしを始めたが、相変わらず夢を追い求めていた。

ずっとカンボジアの少女たちの微笑んだ姿が離れなかった。そんな権利などないのに、僕は深く傷ついていた。次第に心がボロボロになり、体も疲弊していった。

なぜだかわからないが、僕は部屋中の壁を真っ白にした。ホームセンターに売っている大きな白いフロアシートやウォールペーパーを切り貼りして、床も壁も天井も、全部真っ白にしていった。自分が汚れているように思えて、真っ白になった部屋のなかにずっと閉じこもって過ごした。

あの日々から僕はどうやって立ち直ったのだろう。どのようにして普通に外に出られるようになったのか、まったく覚えていない。映画が観られなくなって、音楽ばかり聴いていたことだけは覚えている。聴くことができたのは、レディオヘッドやミューズ、コールドプレイといった暗くて繊細な曲だけだったと思う。

カンボジアを訪れたのは、もう20年も前のことだ。あのアンコールワットの遺跡の少女は、シアヌークビルの海辺の少女は、どうしているだろう。大人の女性になって、幸せに暮らしていますか、そちらで元気に歌っていますか？

最後の花火が終わったら

青春の思い出といわれて真っ先に思い浮かぶのは、アメリカのカリフォルニア州に住んでいた頃に、北のサンフランシスコや、南のロサンゼルスまで車で旅をした記憶だ。カリフォルニア州都であるサクラメントの近くの町に住んでいて、サンフランシスコはおよそ1時間半、ロサンゼルスまでは6時間半ほどかかるから、LAはかなり長距離のドライブになる。

初めてアメリカを訪れたのは高校を卒業してすぐのニューヨークだったが、空港からタクシーに乗って衝撃を受けた。マンハッタンに入って交通渋滞にはまった。タクシーはきわめて荒い運転で脇道を抜けて行こうとする。隣の車とぶつかってドアが擦れた、ものすごい音が鳴る。

けれども、お互いに何も気にしていない。よく見れば車は傷だらけ。突然、横から突っ込んできた車がいて急ブレーキ、運転手はドアをあけて「ファック！」と叫ぶ。後部座席の僕に向かって「ジーザス・クライスト！」と両手を挙げ、まるで映画のワンシーンを観ているようだった。

２回目は留学でアメリカに長期滞在した２０１０年。年末の冬休み期間に日本人留学生でカリフォルニア州縦断の旅に出た。そのときはレンタカーで、慣れていた僕が運転することになった。タクシーに乗るのと、自分で運転するのでは大違い。しかもＬＡに向かうハイウェイや、ロサンゼルス市内は初心者には難易度がきわめて高い。

ＬＡでは高速でも市内でも、まるで映画のカーチェイスのように競い合っている。少しでも遅かったり、邪魔になったりすると容赦ないクラクションが鳴り響く。高速の分離帯も平気で乗り越えて行くし、強引な割り込みは日常茶飯事、車の隙間を縫うように車線変更して追い抜かしていく。しかもレーンチェンジするのにウィンカーも出さない。

方向指示器を出さない、荒っぽい運転をしているのは大抵男性である。先日、ＳＮＳでアメリカにはかなりの運転手が方向指示器を出さず、これが怠惰というより、「女々しい」や「優等生くさい」という心理と結びついていて、一番トキシック・マスキュリニティ（有害な男らしさ）を痛感したというのが流れてきた。いい得て妙だと思う。

アメリカというとすごく先進的でリベラルな価値観が高いと思われがちだが、実際に暮らしてみると、生活の端々でマッチョで保守的な振る舞いに出くわす。こちらが方向指示器を出し、数秒待って車線を変えようとすると、ギュンっとスピードをあげてブロックすることもある。

彼らにとって車はただの乗り物でしかないというか、ラジコンのような感覚で、まるでおもちゃの乗り物を勝手気ままに乗り回しているといった感じだ。マナーが悪いというより、そもそも悪いの認識がまるで違っている、といったほうがいいかもしれない。

ＬＡに行ったのは12月だったが、冬場でも暖かく、最高気温が20℃を下回ることはあまりない。だから、日本でいうと夏が去って涼しくなった秋くらいの感覚だった。日本を離れて数ヶ月ほど経ち、ホームシックもなくなったくらいだったが、滞在中よく日本のJ-POPを聴いた。

年末にはロサンゼルスに続いて、サンフランシスコにも車で出かけた。ゴールデンゲートブリッジを一望しながら、カウントダウンの花火大会があったからである。初めて年の暮れと年明けを異国で過ごす。ネオンサインが煌びやかに坂の街を照らし出し、そのなかを僕たちはおずおずと車で走った。

車のなかでもよく日本のポップミュージックを流していた。母国を離れ、遠い異国を車で走る旅路にぴったりとあったのは、フジファブリックの『若者のすべて』だった。

アメリカの花火は日本とはまったく次元が違っていた。どちらがいいとか、悪いではないが、とにかく巨大でスケールがでかい。何というかパワーが違う。日本の繊細さとは真逆の爆発力があって、体中をマシンガンでズタズタに撃たれたような感覚といえばいいだろうか。年の瀬に胸に響く花火で心がズキズキした。深夜になって帰りの車で僕たちはもう一度『若者のすべて』をかけた。

みんな無言でただ音楽を聴いていた。何度も聴いた。何に感動しているのかわからないが、不意に涙が零れてきた。運転をしていた僕以外はすぐに疲れて寝てしまい、誰か起きていてもぼうっと外を眺めていたから、たぶん気づかれていないだろう。

この歌を流すと、一気にカリフォルニアへと時空が飛ぶ。周囲にビュンビュン走り去る車を感じて、ドキドキするような、ヒリヒリするような気持ちになる。《最後の花火に今年もなったな　何年経っても思い出してしまうな》ロサンゼルスの長いハイウェイを、サンフランシスコの夜中の道路を、新たな年が始まった期待と不安を感じた夜を、僕はいつも思い出す。

家出してカルト映画が観られるようになった

高校1年のとき、家出をした。

小さい頃から大変な子供だったようで、両親は他人からどんな子供だったか尋ねられると、ずっと反抗期だったと答えていた。自覚はある。小学生のときも、とにかくじっとしていられなくて授業が聞けない。先生が話していても構わず立ち上がってクラスメイトと喧嘩した。中学生になっても落ち着きがなく、揉め事ばかりでよく怒られていた。

サッカー部の練習で最後にグラウンドを5周走るのだが、1位になろうと走っていると何度もK君が抜かしてきて、僕は悔しくて肩を殴った。それを別の生徒がコーチにいいつけ、めちゃくちゃ怒られた。罰として何周も一人で走らされた。異様な負けず嫌いで、そういえば昔、弟とゲームをやって負けたらよくキレていた。弟からするとたまったものではない。

中学の授業中の記憶といえば、漫画を書いているか、消しカスを集めて誰かの頭目がけて投げているかしかやっていなかった気がする。25歳になってもスーパーで彼女の足を引っ掛けてからかっていたから、本当にヤバい奴だったのだと思う。ちなみにこの彼女はいまの妻で、よくこのネタを子供に話し、小学生の子供に呆れ顔をされる。ああ、こうやって書いていると、心から落ち込むほど、どうしようもない人間である。

高校に入って授業中少しはじっとしていられるようになったが、まともに授業を聞いた記憶がない。話を聞かず、ひたすら創作活動をしていたからだ。クラシックギターやエレキギターを習っていてバンド活動をしていたので、授業中によくノートを開いて作曲をしていた。歌詞を作ったり、楽譜を書いたり、将来ミュージシャンとしてデビューしたときのアルバムのジャケットの絵を書いたりして過ごした。

親とは毎日のように揉めた。学校も家も、すべてを嫌悪し、怒りをむき出しにしていたからうまくいくはずがない。母親は何度も車の助手席に乗せた僕に向かって、アクセルを思い切り踏み込みながら「一緒に死んじゃるけえ！」と怒り狂った。僕みたいな子供だったら、はっきりいって育てる自信はない。よくこんな子供を育てられたな……。親になったいま、心からそう思う。

高校に入ったある日の夕方、父親と喧嘩した僕は、勝手口を開けたところに置いてあった鉄バットを手に取り、玄関のガラスを叩き割って逃走した。かなり厚めの磨りガラスが、手の込んだ繊細なアニメーション映画のようにピキピキとひびが入り、パリンと鳴ってガラスが飛び散った。まるでスローモーションで映画を観ているみたいに、美しく、痛々しく、豪快に割れた。

携帯電話はまだもっていない。ポケベルはあったかもしれないが、財布も服もないまま、僕は家出をした。その日はひどく寒かったので、歩いて行ける工事現場の仮設のプレハブ小屋に入り込んで眠った。

次の日、両親が仕事に出掛けている合間に家に戻って、腹ごしらえをし、服や歯ブラシなど生活に必要なものをカバンに詰め込んで自転車で再び家を出た。数日経っても家に戻らなかったからか、急にまつみ叔母さんから連絡があった。

「ずっと外におるわけにもいかんけえ、うちにきいや。高校はこっちから通えばええやん。父さんには話して了承してもろうちょるけえ、大丈夫よ」

小さい頃からかわいがってもらった叔母さんから救いの手が差し伸べられた。そういうふうにして叔母の家でしばらく生活することになり、高校は自宅から自転車ですぐだったところを1時間以上かけて電車で通うはめになった。早起きと満員電車はぬるま湯につかったような生活だった僕には、そうとうヘビーだった。ちなみに30歳のときに教育実習で地元に戻ったときも、父親とそりが合わず、3週間のうち途中から10日ほど再び「家出」をして叔母の家にお世話になった。

高校のときの家出は、正確には覚えていないが、2ヶ月か3ヶ月くらいだっただろうか。小6の弟は周囲に「兄ちゃんがおらんくなった」といっていたらしい。家出してしばらく経ち、家に戻ることを決意したのには明確な理由があった。父が折れて欲しがっていたテレビを自室に買ってくれるという約束を取りつけたのである。ずっと禁じられていたが、ついに自室にテレビがやってくる!

僕は念願のテレビとビデオデッキが一体型になった「テレビデオ」を買ってもらった。父親の権限によってリビングでは観られなかった、くだらないお笑い番組も、過激な深夜番組も、マニアックなカルト映画も、好きなだけ観ることができた。

夜更かしが増えたが、僕はデヴィッド・リンチの『ブルーベルベット』や塚本晋也の『鉄男』など、リビングでは流せないクレイジーでイカれた映画を、心ゆくまで一人で味わうことができるようになったのだ。あのとき、家出してほんとによかった。

最愛のカートへ

昔からよくペットを飼う家だった。小学1年生のとき、近所の公園に迷い込んだ子犬を拾って帰ってきた。勝手に連れ帰ってどうしても飼うんだといってきかず、その犬が最初のペットとなった。耳がとても大きな雑種犬で、ミミと名づけた。

子供にありがちな、最初だけお世話するといって結局トイレ掃除や散歩を親に押し付けるパターンで、ほとんどかわいがってやれなかったと思う。ミミが亡くなり、高校3年になって、またしても捨て猫を拾ってきた。犬は日々の散歩が大変だが、部屋で飼える猫は育てやすいし、何よりかわいい。飼ってみて猫の中毒性にはまり、自分が圧倒的ネコ派であることに気づいた。いつも絶妙にこちらの恋心をくすぐってくる。

犬はつきまとって従順だが、猫はツンとしてつれない。たまにやたら甘えてくるくせに、すぐに近寄るなオーラを放つ。気分屋感がハンパない。これがたまらなくて毎日遊んで一緒に寝た。名前はリアムという。イギリスの伝説的ロックバンド・オアシスのカリスマ的ボーカリスト、リアム・ギャラガーの名前を拝借した。

悲劇はすぐにやってきた。高校を卒業して山口から上京し、一人暮らしを始めたので、離れ離れになることは覚悟していたが、東京に出てほどなく、リアムが死んだという報を受けた。実家の近くを駆け回っていて車に撥ねられたらしい。幸い、綺麗なまま逝って、自宅に戻ってきた——母は泣きながら電話でそう説明した。

僕はしばらく学校に行けず、部屋で泣いて過ごした。とてもではないが、うまく立ち振る舞うことはできそうになかった。思い出の写真を眺めたり、ビデオを再生したり、夜に近くを散歩したりして、どうにかやり過ごした。けれども、僕よりも落ち込んでいたのは母だった。もともと動物が大好きだった母は、動物園に行くとムツゴロウさんのように動物と戯れる。一緒に過ごす時間が長くなって深い愛情が芽生えていたのだろう。

僕が勝手に猫を拾ってきたはずなのに、すぐに母は自分で猫を探し回った。ちょうど叔母の職場に生まれたばかりの野良猫が2匹いたので、1匹だと寂しかろうということで、どちらも連れて帰った。名前をつけてくれというので、亡くなった猫が忘れられなくてリアムとノエルにした。いや、正確には2代目リアムと初代ノエル。オアシスのリアムと犬猿の仲で知られる兄の名だ。

その一方、僕も同棲していた彼女と東京で猫を飼い始めた。捨て猫で里親を探しているという情報を見つけ、２匹の猫を引き取りに行った。カートとレモンと名づけた。前者はアメリカでグランジのブームを巻き起こした伝説的バンド・ニルヴァーナを率いたカリスマ、カート・コバーンから拝借。若かりし頃の僕はペットの名前を「伝説」に結び付けたがっていたようだ。レモンはアイルランド出身の伝説的なロックバンド、Ｕ２の曲。いうまでもないが、米津玄師ではない。

その後も亡くなると新しい犬や猫が実家にやってきて、帰郷すると2、３匹はつねにペットがいた。もう名づけには関与しなくなったら、チワワのコチロー（東風朗と書くらしい）、家に迷い込んできた白猫のチロ、最近も保護犬のチワワをもらってきて、くーと名づけたようだ。「チロ」がかぶっていて、どれがなんて名前だか紛らわしくて仕方ないし、名づけがテキトーすぎる。いずれにせよ、この調子で増え続け、犬猫屋敷になっていかないよう切に願うばかりである。

若い頃に勢いで飼い始めた2匹の猫のことが忘れられない――。20歳になる前くらいにカートとレモンを飼い始め、同棲していた彼女と二人で2年ほど飼っていたが、別々に暮らすことになった。音楽性の違いのようなものである。

2匹を引き離すのはかわいそうだし、お互いペット可の家に住む経済的余裕もない。僕の親に相談して2匹を実家で引き取ってもらうことにした。勝手きわまりない。若気の至りとはこのことだ。しかも、僕はどうしてもアルバイトを休めず、別れた彼女に実家まで2匹の猫を連れて行ってもらった。いったいどういう神経をしているのだろう。彼女はどんな気持ちで初対面の元彼氏の両親に会いにはるばる山口まで行き、飼えなくなった猫を預けたのだろうか。引っ越し日の期限があったにせよ、無神経というか、身勝手というか、人の気持ちが本当に考えられないのだなとつくづく思う。

僕にはさらなる大罪がある。レモンは天寿を全うしたが、カートは実家に届けられて数日で脱走し、近所を何度探しても見つからなかったという。美しい顔立ちの甘えん坊で我儘なカート。彼女は穏やかで優しいオスのレモンにいつもつんけんしていた。

もう20年を超えるから生きてはいないだろうが、いきなり野良猫にさせられて、どういうふうに生きたのだろう。ちゃんと自分で食べ物を探せただろうか。誰か優しい人に拾ってもらえただろうか。僕がもっとまともな人間だったら、幸せに暮らせていたのに。身勝手で、本当に、ごめんなさい。

カートとレモン

引っ越し人生

18歳で上京して一人暮らしを始めたが、一定のところに長く住むことができず、頻繁に引っ越しを繰り返した。

お金もろくにないのに、飽き性で、根無し草体質のため、なぜだか転々と住居を変えることになってしまう。数えてみると10年間で、新百合ヶ丘、百合ヶ丘、柿生、三軒茶屋、玉川学園前、再び柿生、高円寺、調布、日野、豊田と10回の引っ越しをしている。

親元を離れて貧しいフリーター生活をしているのに、なぜか引っ越してしまう。その後、アカデミックキャリアを目指し、貧しい生活が続くのにまたしても引っ越してしまう。あるとき、引っ越し貧乏に陥りやすい人の特徴を検索してみたら、「満足できる物件と巡り合わないから」と書かれていた。いや、違う。満足できる家でも、別の居場所を求めて動いてしまうのだ。

しかしながら、大学に就職してからは2回ほどの引っ越しに落ち着き、いま住んでいるところは5年間と最長記録を更新しているところだ。

実をいうと、単に子供が小学生になり、こちらの都合で簡単に引っ越しができなくなったにすぎず、いまも子供たちに引っ越しをしたいとアピールを続けてはいるのだが、許可がおりない。友達と離れたくない、転校は絶対に嫌だと猛反発をくらい、どこにも動けないでいる。

僕は小学生に入るタイミングで初めて引っ越しを経験してとても嬉しかった。高校生まですっと同じ家だったので、転校に憧れたものだが、子供たちはまったく関心がないらしい。親元を離れた僕は、2年契約を更新することなく、次々と引っ越しをし、違う場所に住んで、それぞれの家と町を堪能した。

初めて一人暮らしをしたときは、まともに生活をすることができなかった。すでに記したように、食器を放置して流しから溢れ出てしまったし、洗濯が面倒で脱ぎ捨てた服が部屋を埋め尽くした。嗅いだことのない臭いが充満し、夏にはなんだかよくわからない小さな虫が何十匹と部屋を飛び交った。

もっとも過酷だったのが、三軒茶屋にある築年数50年近い、風呂なし共同トイレのぼろアパートだった。家賃は3万2千円（三茶でこの金額は格安だ）。お金がなく、ガスも引けなかったため、冬に水で頭を洗い、体を拭いてしのいだ。このアパートは玄関に入ると共同玄関の靴が異臭を放ち、そもそも共同トイレに紙がなかった。だからいつも用を足すときには近所の公園のトイレまで行かなければならない。

部屋は2階で、引き戸のドアなのだが、鍵がドラクエの宝箱をあけるやつと同じ形をしていた。たぶんハサミでもあく。ガラガラとその重いドアをあけると、部屋には裸電球が一つ吊るしてあり、明かりはそれだけ。なんとも寂しい部屋だった。

半年ほど耐えたが、限界を感じたのは、夏前に帰宅して明かりをつけると、ゴキブリが5匹くらい部屋中を飛び交い、2匹が僕の服にとまったときだった。

ちょうどその頃、付き合い始めたばかりの彼女がうちに住んでいいよといってくれ、転がり込んだ。大学生だった彼女は社長令嬢で、そこはオートロック付きの豪華なマンションだった。自分の経済力では到底住むことができない立派な部屋に、短い間だが暮らすことになった。

当たり前のことだが、芸術の雰囲気が漂う新百合ヶ丘と、広々とした郊外の豊田、治安が悪く危険な目に遭いやすい高円寺では、町の表情がまるで違うし、日々の経験もまったく異なるものになる。出会う人も違ってくるだろうし、どんな部屋に住むかによっても人生は多様になる。

住む町、居住空間といった環境を変えるだけで、別の人生を送っているような心地にすらなってくる。なんだか人生を複数人分味わえる、得した気分にもなる。飽き性というより、いろいろな変化を経験したいから引っ越しが好きなのだと思う。

3人の子供たちが公立にいかなければ（すでに長女は近くの公立中学に進んだが、高校受験のタイミングがある）、つまり私立に進学すれば、遠くに通う可能性も高いし、クラスメイトも入れ替わる。転校とほとんど変わらない。2番目の子供が私立中学を受験すれば、そのタイミングで念願の引っ越しができるかもしれない（3番目だけ、変化を好む性格で引っ越してもいいという）。そのタイミングを僕はいま、虎視眈々と窺っている。

ヒーローになりたい

僕には4歳年下の弟がいる。性格も容姿も人生も、すべてが対極といっていいほど違う。両親と小さい頃から喧嘩ばかりして学校でも問題児だった僕とは大違いで、弟は学業もきわめて優秀、中学では成績でいつも学年1位争いを繰り広げ、市内でトップの進学校に行った。

間違いがあってはいけないと、仕事中の弟にではなく、退職して暇をもてあましている父親に連絡したら、すぐに「それは間違いない」と返信が来た。絵文字を交えて「ちなみに父さんも何度も学年1位を取っとる」と余計なこともいい添えて。

弟は目標を叶えていまはパイロットをしている。他人の命を預かることなどできない僕には到底理解できないが、彼の人生を考えると順風満帆とはこのことをいうのだと思う。

弟は醤油顔だが、僕はソース顔だ。本当にどうでもいい情報である。毎日のように両親と家で激しい喧嘩をする兄を反面教師にしたからだろうか、弟はほとんど親に怒られたことがない。何しろ絵に描いたような優等生なのだ。それは成績にかぎらない。

兄は昔から傍若無人で利己的な人間だったが、弟はそういう面を見せたことがないくらい利他的な人間だ。弟が小学5年生だったとき、同級生が中学生に絡まれていたので助けてやめさせたという。こういった英雄譚の話題には事欠かない。ほかにもこんなエピソードがある。

大学を出て働き始めたとき、北九州の小倉駅で男女のカップルが喧嘩していた。昔から治安が悪い場所だ。弟は男が女を投げ飛ばしているのを制して、代わりにヤンキーに殴られ、頭を何針も縫う大怪我を負った。相手にどれだけ殴られても、いっさい手出しはしなかったらしい。だが、改めて弟に確認したところ、かなりデマらしく、喧嘩で落ちていた携帯を見て届けようか迷っていたら、何もしていないのにヤンキーにいちゃもんをつけられ、「携帯みんなっちゃ！」と絡まれて殴られたという。

親や親族から伝え聞くうちに、かなり脚色され、あるいは改変されていったのだろう。とはいえ、それが事実を超えて伝説化し、あいつならそうするに違いない、と信じられるほどの人格者だということの証左でもある。いずれにせよ、結果、男の暴力を引き受けて頭を縫ったのだから、その女性にとってはヒーローのようなものだ。

その話を親から聞いたとき、こりゃ叶わんと思った。いや、そもそもライバル心をもったことが一度もない。兄と弟の物語といえば、芥川龍之介の短編小説「偸盗」を思い出す。沙金という美しい女性に思いを寄せるあまり、兄と弟が嫉妬に狂い、エゴイズムをむき出しにする物語である。

兄弟が比べられて、どちらかが劣等感を抱く話は巷に溢れているし、周りを見渡せば、そういう知り合いも結構いる。けれども、僕はそのような感覚を抱いたことはない。それは弟の優等生性がずば抜けているからだと思う。

弟は朴訥として無口だが僕は話し出すととまらない。弟はストイックで計画性があり、理性をけっして失わない。僕は昔から怠惰で計画性がなく、感覚的に生きてきた。目標に向かって突き進んで弟が社会に出た頃、僕はレールを脱線し、人生につまずき、まだ音楽をやったり旅に行ったり、ゴキブリから逃げて女の家に転がりこんだりしていた。

弟のロールモデルは高倉健らしい。しぶい。たしかに健さんのように寡黙にやらなければならないことをやるタイプだ。強きを挫き弱きを助ける人間である。将来は森のなかに自分で家を建て、家族と自給自足の生活がしたいという。僕は都会が大好きで、『ミステ

り と言う勿れ』の久能整くんのようにベラベラしゃべるし、虫が嫌いなので、そんな生活は送れそうにない。

僕たちに共通点があるとすれば、それはお互い3人の子供がいることくらいだろうか。子育てなら僕が少し先輩だが、特に自慢できることはない。夜遅くまで子供とテレビゲームをして、お菓子を食べ、妻に「うちには手のかかる子供が4人もいる！」と怒られる始末だから、手本にはまったくならない。

このあいだ、神戸に住む弟家族に会いにいった。両親もいたから、孫6人、合計12人の大所帯である。まだ小さくてかわいい甥っ子と姪っ子に会った。そのとき、ふと思った。この子たちは、こんな立派な父親の姿を見て育っていかなければならないのか、と。父の背中が大きすぎやしまいか、いつか自分の小ささにいたたまれなくなる日が来るのではないか、と。

そんなときは伯父さんの姿を見るといい。期待されたレールを踏み外し、かなりの遠回りをしても、どうにか生きてこられた。君たちのお父さんと同じ、3人の子供をどうにか育てている！　ひょっとすると、僕のこの駄目性が、誰か一人くらいの助けになるかもしれない。こういう生き方もありか、と誰かの気休めくらいにはなるかもしれない。

変な人たち

僕が小学生の頃、生まれ育った下関の実家にはいつも変な人たちがやってきた。

小学校教諭だった父は、北九州の門司の小学校で教えていたが、そのあたりは治安が悪く、荒れている児童が多かったようで、家庭がめちゃくちゃだったり、居場所がなかったり、ご飯がまともに食べられなかったりする子供たちが、しばしばうちに遊びに来ていたのである。

週末になるとよく教え子たちが家に遊びにやって来た。日帰りで遊びに行ったり、庭でバーベキューをしたり、泊まっていく人も多かった。なんだか修学旅行みたいで、少しワクワクした。僕の家族は頻繁にキャンプに行っていたので、一緒についてくる人たちもいた。だいたいは僕よりも少し上のお兄さんやお姉さんだった。

たとえば、生活困難家庭のマー君。小学校を卒業しても遊びにやってきた。髪を染めていて見るからにヤンキーなのだが、よく家に来て僕と弟と一緒に遊んでくれた。家に泊まっていたとき、マー君は、母が毎日洗濯しているのを見て「洗濯って毎日するんだ」とびっくりしていた。

ある日、広い公園に遊びに行き、僕がマウンテンバイクで前ブレーキを強くかけて後輪を浮かせる技をやってみせたら、自転車をよこせといって乗り回し、後輪を浮かせる技を成功させるため、ものすごいスピードで走って前ブレーキをかけた。

すると、前輪のブレーキが効きすぎて宙返りし、マー君は転倒した。アニメに描かれるように美しく宙を舞ったので僕はゲラゲラと笑った。砂や泥に塗れてマー君もハハハと嬉しそうに笑っていた。

その後、何度かマー君はこの技に挑戦したが、手加減が難しいらしく、毎回スピードを出しすぎ、さらにブレーキもかけすぎて、一回転して空中を舞う。それがおかしくて僕たちはゲラゲラと笑い転げた。もっとたくさんいろんなことをして遊んだはずだが、マー君は自転車で一回転して痛そうに笑っているヤンキーという記憶しかない。

父と同じ学校に勤務していた同僚の小田先生という若い人もよく家にやってきた。人間味あふれる面白いおじさんで、いろんな話を聞かせてくれたが、よく覚えているのは、駅のホームでのエピソードだ。

彼は漏れそうになってトイレまでもたないので、駅のホームでウンコをしたのだという。電車のなかで漏らすほうが人に迷惑がかかるのだと、その理由をくどくど説明していたが、まったく納得のいく理由ではなかったと思う。強烈で、おかしな先生がいるものだと子供心に妙に感銘を受けた。

他にもあげられないくらい父のまわりには変わった大人がたくさんいた。小学校の用務員をしながら部落解放運動を行う活動家の宮崎さんも面白いおじさんで、よく一緒にキャンプに連れて行ってくれた。宮崎さんがバンドで歌って語る講演会に行ったり、部落差別で心中自殺をした人たちの墓参りに行ったり、子供にはよくわからなかったものの、社会に深く根ざす複雑な問題があることを、単なる知識としてだけではなく、宮崎さんという人間に触れることで経験したと思う。

同じく父の同僚だった安岡先生は国歌斉唱を拒絶して絶対に歌わず座って抗議していた。時代が変わって厳しい処分を課されても、怯まず抵抗を続けた。何をされても譲れない思想があるのだと子供心に尊敬の念を抱いた。大の読書家で家中に本棚がある、図書館のような家に住んでいた。本がある暮らしへの憧れは、あの家を見たときに培われたのかもしれない。

時代が変わり、いまは変な人たちが極端に少なくなったと思う。

社会はクリーンになり、逸脱した人が社会から排除される。失敗が許されなくなり、ひとたび失態をおかすと復帰できない。

そのリスクを考え、誰もが「変人性」を隠すようになった。そういう変人性を発露させられるのは、匿名の掲示板やSNSの世界だけになってしまった。

映画はまともな人だけを描かない。いや、もちろんそういう人もいるのだが、異質な他者や変な人、社会から逸脱した人が必ず出て活躍する。僕が映画に魅了されるのは、そういった変で面白い人がたくさん出てくるからだと思う。そう考えれば、昔の僕の日常は映画のようでもあった。

出会い直すこと

人生には同じものに再び出会うという機会が誰しも少なからずある。昔よく聴いていた音楽を偶然耳にして強烈なノスタルジーを抱いたり、あるいは過去に熱中した本を再び手に取って陳腐に思えたり、馴染みのある場所があるとき突然別の光景に映ったり、いろいろなかたちの再会があるだろう。

音楽や書物や風景はまったく変わらなくとも、自分自身が途方もなく別人のように変化している、そう感じたことはないだろうか。

アメリカの著名な映画批評家だったポーリン・ケイルは、映画を二度観ることを拒んだという。映画館のスクリーンに投影されたイメージに五感が反応する最初の体験。それこそが真実であり、その新鮮な遭遇を彼女は大切にした。このことは映画を二度観ると、それがまったく別物になってしまうということを明確に伝えている。

この感覚はとてもよくわかる。仕事柄、思春期に出会って大切に記憶の奥底にしまっておいた宝物のような映画を観なければならないときがある。

たとえば、スタジオジブリの『耳をすませば』がそうだった。上京してすぐにこのアニメーションの舞台となった聖蹟桜ヶ丘に行って、あの丘に吊るされていた「耳すまノート」に何か書き付けた。聖地を巡るほど好きなアニメーションのロケ地で、仲間たちと一緒に映画を撮った。

初見から30年近く経ってから見返すのは、思い入れがあるアニメーションだけに少し怖かった。たしかに40歳にもなって、最初に映画館で経験した甘酸っぱい青春の感触を再び味わうことはできるはずなどなかった。

けれども、戦争によって恋人と引き裂かれた、雫のことを見守る聖司の祖父の温かさに、強く心を揺さぶられた。若い頃にはまったく意識することなく、すれ違っていたキャラクターだが、彼の言葉や表情が妙に胸を打つ。

『スラムダンク』は漫画もテレビアニメも、思春期にリアルタイムで熱狂した世代で、特別な思い入れがあったから、映画化された『THE FIRST SLAM DUNK』を観るのは、やはり少し怖くて躊躇した。とはいえ、出張先の福井県にある敦賀アレックスシネマで、公開翌日に急いで観た。

若い頃はクールでカリスマ性のある流川楓一筋、他のキャラクターに目がいかなかったのに、挫折や苦労をしていろいろな人生経験をしたいまでは、宮城リョータや三井寿に心を打たれて涙腺が崩壊しかけた。もう大人なのだということを突きつけられたような、悪くない感覚だった。

昔ならまったく反応することなくすり抜けていった数々の映画における些細な描写に、自分のアンテナが感応することがある。優れた映画にはそういう魅力がたくさん詰まっていて、すぐには顔を見せない。

たとえば、小津安二郎の『東京物語』で妻に先立たれ、部屋に一人で佇む笠智衆が不意に漏らすため息や、『麦秋』で原節子が結婚を突然決めた後、線路の前で道端に腰を下ろしてしばらく動けない菅井一郎の背中。戦後の小津映画を繰り返し観て、画面から戦没者たちの声が聴き取れるようになったとき、僕自身が根本的に変化したのだとたしかに実感する。

それは子供の頃に連れて行かれ、ほとんど僕の心を通り過ぎていった絵画に再び美術館で出会い直したとき、まるで金縛りにあったかのように動けなくなって、絵画を前に呆然と立ち尽くす感覚にどこかしら似ている。

これまで見えなかったものが見えてくるという感覚、聞こえなかった声が聞こえ出すという実感。だから僕はかつて鑑賞した映画でも繰り返し観ることをやめない。むしろ映画は二度観るほうがいいとすら思う。時間を隔てて観るのが、特にいい。

多くの場合、作品はまったく別物として立ち現れる。いまいる環境や経験した時間によって、自分がいかに変化したかを痛感することができる。作品やその登場人物との出会い直しは、自己の再発見でもあるだろう。

聖蹟桜ヶ丘で映画を撮った

興味のあることをあえて繰延べすることがある。たとえば、大学受験では世界史ではなく日本史を選択し、研究では洋画ではなく邦画を専門にした。

その理由は僕にとって興味がないほうだからである。つまり日本史より世界史の方が関心が高く本を読んだり勉強してきたりして知識があったし、日本映画より外国映画のほうを好んで圧倒的な数を観ていたから、という理由だ。

昔からあえてつらそうだと感じられるものを選ぶ習性があった。半ば無理やり大変な環境に身を置いてみるマゾヒズム。それはきっと思いも寄らない出会いや、楽なほうだと身に付かない知識を得る快感を経験上わかっているからだと思う。人生において想定していなかった対象にハマることは、何だか得した気分になる。

日本映画がまさにそうだった。洋画至上主義で邦画はダサいという先入観があった僕が強引に環境を組み換え、いまや豊潤な日本映画の魅力にとり憑かれている。川島雄三や中平康の映画を観て、脳天を撃ち抜かれたような衝撃を受けた。予期していなかったものに触れる経験はこの上なく嬉しい。

ネットではアルゴリズムによって見たい情報ばかりにアクセスしてしまうフィルターバブルから逃れるのは、意識したとしても難しい。現実社会でもマッチングアプリの利用が急増し、条件を設定して出会いたい人と出会う。

携帯電話がなかった小学校時代、友達はいつも突然家にピンポンして誘いにやって来た。上京して一人暮らしをしたときには携帯電話がすでに普及していたが、突然アパートの扉をノックして遊びに来る友達がいた。「来るなら事前に連絡しろよ」というと「いきなりのが面白いじゃん」と返された。たしかにそうだ。突然の来訪は嫌いではなかった。予定していたプランが急変し、想定外の一日になる。だが、久しくそんな経験は味わえていない。

荻上直子の映画『かもめ食堂』は偶然性に満ちた物語だ。世界地図を広げ、目を閉じて指差した先がたまたまフィンランドだったから旅に出たという人物と主人公が出くわして物語が動き出す。

僕もかつて東南アジアや南米を、明確な目的地を定めずに旅したことがある。国内のヒッチハイクの旅も、たまたま声をかけた人との偶然の出会いによって、行き先もルートも決定される。

社会は科学技術の発展とともにますます予期しない事態を排除するようになっていく。意のままにならないものを嫌い、リスクを取り除くことで「安心」を手にしようとする世界へ突き進む。そこで失われてゆくのが偶然性である。

民藝を提唱した柳宗悦は手仕事による職人の工芸品を愛し、品物が用いられることによる疵(きず)に美を見出した。窯のなかで作品に生じる予期せぬ色や文様、すなわち作為の及ばない窯変の他力美に魅せられた。いわばコントロールを手放す、偶然性の美学である。

この偶然の問題に取り組んだ哲学者の九鬼周造は、驚異という情緒を通じて偶然を生きる人間のありように迫った。彼は人間が否定を含む、「無いことのできる存在」であるという。この日常は無数の選択から成り立ち、「私がある」という事実は偶然の連鎖によって構成されている。

昔、高尾山の峠をバイクで横転したことがある。命を落としてもおかしくないスピードで体が宙を舞った。数十メートル転がり、意識を失った。気づいたら、後ろの車の人が「絶対死んだと思った、よかった」と介抱してくれていた。

僕がいま生きていることは、奇跡的な偶然の重なりにほかならない。人生の意想外の遭遇や邂逅に喜びを見出し、これからも偶然性を生きてゆきたい。

あとがき

いま、デンマークとドイツを旅しながら、このあとがきを書いている。

空路のほうが便利で早いが、ドイツ鉄道の列車に乗って、コペンハーゲンから国境を越えてハンブルクに入り、ベルリン、ライプツィヒ、フランクフルト、ミュンヘンとそれぞれの都市に数日滞在しながら進む旅――。

ドイツ鉄道は頻繁に遅延する。日本で暮らしていると、いろいろなことが時間どおりに進んでいく。だが、この鉄道で移動していると予定どおりに進むことはあまりない。事実、ハンブルクへの列車は機械のトラブルでノイミュンスターまでしか行かず、バスに乗り換えさせられ、予定より3時間以上も遅れて目的地に到着した。

その後もベルリンへの列車は1時間、フランクフルトへは30分の遅れ、予定どおりに進むことのほうが珍しい。こうした旅をしながら、本書の原稿に目を通していると、この旅が、まるで遠回りして脱線ばかりの自分の人生のように思えてくる。

すでに記したように、僕は27歳で大学に行く直前に結婚した。「学生結婚」どころか「学生前結婚」だ。学部生のときに第一子が生まれ、ゼミで「三十路妻子持ち」と自己紹介して驚かれた。修士・博士課程と学生を続け、その間に3人の子育てをした。思い返すと紆余曲折ばかり、通常のルートではまったくない。

ここにおさめられたエッセイには、個人の人生の息苦しさと規範から逸れてゆく解放感、日常の些細なシーンにおける疑問や葛藤、そして怒りや歓び、あるいは非日常の時間に遭遇した、かけがえのない経験が記されている。

社会が決める正しいルートなどない。多くの人が、他人にではなく、自分自身の人生を豊かに感じられる道を歩んでほしい、そういう願いが込められているように思う。

ハンブルクへの旅路は遠回りしてしまったが、7時間もボックス席で一緒になり、これからどうすべきか、他のルートはあるのか、お互いのことを話しあったドイツ人の大学院生とバックパッカー、デンマーク人のビジネスマンとの会話が深く刻まれている。スムーズに着いていたら話すこともなかっただろうが、列車が幾度となくとまったおかげで、僕の旅は観光スポットで写真を撮る以上の、忘れられない思い出になった。

本書は２０２３年1月から6月までに『日本経済新聞』夕刊「プロムナード」で連載した全23編に、書き下ろしのエッセイを加えたものである。連載順ではなく、新しく書いたエッセイを含め、内容の連関を考えて配置されている。もとの連載原稿にも加筆していることを記しておきたい。

まず連載エッセイのご依頼をくださり、編集を担当いただいた日本経済新聞社の渡部泰成さんにお礼を申し上げる。本書の核となる文章を生み出すことができ、エッセイの楽しさを教えていただいた。途中から編集担当を引き継ぎ、伴走してくださった伊得友翔さんにも謝意を伝えたい。

編集担当の藤枝大さんから初めて連絡をもらったのは、エッセイを書きたいとＳＮＳでつぶやいた２０１９年の夏のことだった。あれからコロナ社会を経て5年の歳月が流れ、ようやくかたちになったのが本書である。あの偶然のつぶやきがなければ本書は生まれていない。編集方針や書名など、かなり藤枝さんに頼ってしまった。いつも熱いエネルギーをもって接してくれる藤枝さんに、心から感謝を申し上げたい。

本の内容を汲み取った素敵な装丁にしてくれた加藤賢策さんは、事務所に押しかけた著者を快く迎えてくださり、念願だった初のピンク本に仕上げてくれた。記して感謝の意を表したい。

当初、著者の若い頃の写真を使うと誰も手に取らないだろうと躊躇していたが、藤枝さんと加藤さんに説得され、金髪写真が表紙に使われることになった。僕が自分の写真を表紙に飾ってほしいといったわけではないということだけはここで強調しておきたい。

素晴らしい帯文を寄せてくださった伊藤亜紗さんにも深謝申し上げる。いつも独創的なご研究を進める伊藤さんを仰ぎ見るように生きている人間として心から嬉しく、本書を家宝のごとく大事にしたいと思う。

こうして人生を振り返るようなエッセイを寄せ集めてみると、子供や妻など北村家のことが思いのほかさらされてしまっている……。そして父が昭和のオヤジのような悪い印象で描かれているかもしれない。

けれども、いろいろな場所にキャンプに連れて行ってくれたこと、面白い大人たちに出会わせてくれたこと、手が付けられなかった僕を放任し、早く東京に行って好きに生きろとサポートしてくれたことに心から感謝している。

最後に一つだけエピソードを。

本文でも記したように、親だけでなく、教師にも反抗的だった高校3年のとき、僕の両親は担任に呼び出しをくらい、こちらではもう手に負えないので退学してくれといわれた。小学校教諭だった父は、その担任に「生徒をやめさせるんやなくて、やめさせんようにするんが俺らの役目やろ!」と怒ってくれたという。

この話を当時、僕は聞かされなかった。ようやく知ったのは僕が結婚して大学に行き、子供が生まれた後、10年以上も経ってからのことだった。不肖の息子を放任しつつ遠くで見守ってくれた両親に、心から感謝を捧げたい。

その担任の先生は卒業式の日、卒業証書授与式が終わって体育館から退場する僕を見て大粒の涙を流した。人前で泣くような人とは到底思えなかった男性教師だったが、僕は不意にその涙から目を逸らし、何も返すことができなかった。

その表情がどういう意味だったのかはわからないが、少なくとも面倒な生徒がやっと卒業したという単純なものではなかったと思う。笑顔ではなく、どこか怒りや悲しみも混ざった複雑な顔だった。いま謝りにいったら、許してくれるだろうか。

これまでの人生で関わってきたすべての人たちへ、懺悔と謝意を。これから出会う人たちへ、少しの迷惑と愛情を。素晴らしい人生を与えてくれた父と母、妻と子供たちに最大限の感謝を捧げたい。

2024年9月14日　ミュンヘンに向かうドイツ鉄道の車内で

北村匡平

本書は「日本経済新聞」夕刊「プロムナード」での連載（2023年1月～6月、全23回）に書き下ろしを加えて書籍化するものです。

初出一覧（日本経済新聞「プロムナード」掲載日）

安全な遊びと学び：2023年1月7日
レールを踏み外す：2023年1月14日
サンタクロースは誰だ：2023年1月21日
倍速視聴させない人：2023年1月28日
本との付き合い方：2023年2月4日
ネコになる：2023年2月18日
僕が旅に出る理由：2023年2月25日
テレビゲームと利他：2023年3月4日
トゲのない世界：2023年3月11日
推しの氾濫：2023年3月18日
無駄な雑談と移動：2023年3月25日
恩師の忘れられない姿：2023年4月1日

メディアのマナー：2023年4月8日
怒りを飼いならせ：2023年4月15日
大人になること：2023年4月22日
アンコールワットの片隅で：2023年5月6日
消えゆく自然の遊具：2023年5月13日
僕の家族のこと：2023年5月20日
映画館の暗闇：2023年5月27日
研究室という空間：2023年6月3日
出会い直すこと：2023年6月10日
手書きの温もり：2023年6月17日
偶然性を生きる：2023年6月24日

■著者プロフィール

北村匡平（きたむら・きょうへい）

映画研究者／批評家。東京科学大学リベラルアーツ研究教育院准教授。単著に『遊びと利他』（集英社新書、2024年）、『椎名林檎論――乱調の音楽』（文藝春秋、2022年）、『アクター・ジェンダー・イメージズ――転覆の身振り』（青土社、2021年）、『24フレームの映画学――映像表現を解体する』（晃洋書房、2021年）、『美と破壊の女優 京マチ子』（筑摩書房、2019年）、『スター女優の文化社会学――戦後日本が欲望した聖女と魔女』（作品社、2017年）、共著に『彼女たちのまなざし――日本映画の女性作家』（フィルムアート社、2023年）、翻訳書にポール・アンドラ『黒澤明の羅生門――フィルムに籠めた告白と鎮魂』（新潮社、2019年）などがある。

家出してカルト映画が観られるようになった

2025年4月5日　第1刷発行

著者　北村匡平
発行者　池田雪
発行所　株式会社 書肆侃侃房（しょしかんかんぼう）
〒810-0041　福岡市中央区大名2-8-18-501
TEL 092-735-2802　FAX 092-735-2792
http://www.kankanbou.com
info@kankanbou.com

編集　藤枝大
装丁　加藤賢策（LABORATORIES）
DTP　黒木留実
印刷・製本　モリモト印刷株式会社

ISBN978-4-86385-669-1　C0095